다르게 살고 싶어서,
좀 더 행복해지고 싶어서

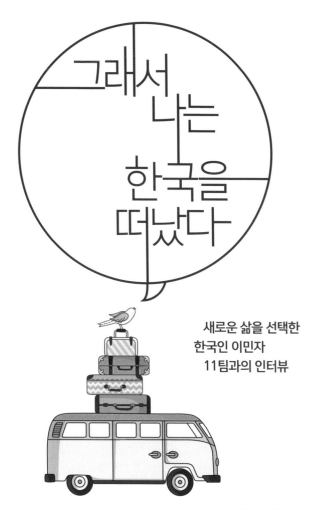

그래서 나는
한국을
떠났다

김병철
안선희 지음

새로운 삶을 선택한
한국인 이민자
11팀과의 인터뷰

위즈덤하우스

Contents

내가 행복하게
살 수 있는 곳은
어디일까?

여행 전

우리 부부는 세계여행을 위해 3년을 준비했다. 그리고 2016년 드디
어 회사를 퇴사하고 전세 보증금을 빼고, 편도 비행기표를 끊고 여
행 배낭을 샀다. 여름이 막 시작되는 7월, 우리는 시베리아 횡단 열
차를 타기 위해 세계여행의 첫 도착지인 러시아 블라디보스토크
로 떠났다.

세계여행이 주목적이었지만 우리에겐 또 하나의 미션이 있었다.
여행을 하면서 이민에 대해서 알아보는 것이었다. 또래 많은 이들
처럼 우리도 '외국에서 살아보면 어떨까'라는 생각을 계속 하고 있
었고 세계여행을 하는 김에 제대로 알아보기로 했다.

둘 다 콘텐츠를 만드는 게 직업인지라, 우리가 가장 잘할 수 있는
방식을 선택했다. 현지에 사는 한인 이민자를 만나 우리가 궁금한
걸 묻고 그들의 사는 이야기를 공유하기로 했다. '여행을 하다가
운명처럼 살고 싶은 도시를 발견하면 어떻게 하지?' 이런 환상과
함께 우리의 세계여행은 시작됐다.

여행 중

여행을 온 건지, 출장을 온 건지 헷갈릴 정도로 우리는 인터뷰에
몰두했다. 여행 루트는 다음 인터뷰이가 사는 도시로 정해졌고, 인
터넷이 되는 곳에서 며칠씩 글을 쓰고 다음 인터뷰를 준비하는 게
일상이 됐다. 세계여행이 아니라 인터뷰 여행이었다.

힘들었다. 하지만 여느 여행과는 확실히 달랐다. 현지에 수년간 살
고 있는 이민자들을 만나 정착 이야기를 들으니 그곳의 구체적인
삶이 눈에 들어오기 시작했다. 현지인에게 직접 들은 그곳의 생활,
문화, 경제상황은 그 나라에 대한 이해를 높이는 데 큰 도움이 됐다.

그리고 무엇보다 그런 경험은 반대로 우리가 사는 한국을 되돌아
보는 계기가 됐다. 한국에서 통용되는 상식과 사고방식이 그 나라
에선 그렇지 않은 경우가 많았다. 생활의 속도감이나 지향하는 삶
의 가치관도 무척이나 달랐다. 그런 과정 속에서 우리는 '어느 쪽의
삶이 더 낫다'가 아니라, 삶의 방식이 다르다는 결론에 도달했다.

여행 후

인터뷰를 끝내고 도시를 떠날 때마다 우리는 '여기서 살면 어떨까'를 서로에게 물었다. 그리고 한국에서, 서울에서의 삶이 어땠는지 돌아봤다. 내가 잘하고 좋아하는 일, 내가 만나는 주변의 사람들, 우리의 경제적 여건 등을 고려해봤을 때 우리는 서울이 잘 어울리는 사람들이라는 결론을 내렸다.

우리 모두는 각자 나름의 성향을 가지고 있다. 서울 같은 바쁜 대도시의 삶이 행복한 사람이 있는 반면, 한적한 시골의 삶이 더 행복한 사람이 있다. 다양한 방식의 삶이 존재한다면 나에게 가장 잘 맞는 걸 선택하면 된다. 이민도 이렇게 바라보면 되지 않을까. 살아보지 않은 곳에 대한 불확실성은 있지만, 지금 삶의 터전이 나의 성향과 맞지 않는다면 바꿔보는 것도 하나의 방법이다.

선택지가 다를 뿐 우리가 만난 이민자들도 이런 과정을 거쳤을 것이다. 자신의 성향과 현황을 파악하고, 가장 잘 어울리는 곳을 물색한 후 그곳에서 자신의 일상을 꾸려가는 것. 여기에 실린 다양한 선택의 이야기가 '내가 행복하게 살 수 있는 곳이 어디인가'를 고민할 수 있는 계기가 되길 바란다.

김병철, 안선희

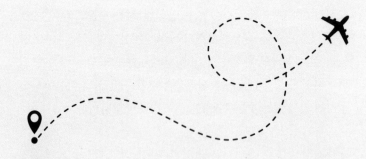

Bratislava
Slovakia

"어렵겠지. 근데 될 수도 있잖아?"

내가 살고 싶은 곳에서
살 수 있는 자유를 찾아

슬로바키아
브라티슬라바

여행 전 서점에서 우연히 〈그 남자는 왜 동유럽에 살고 있을까?〉라는 책의 제목을 보고 '진짜 동유럽 이민이 가능할까' 하는 의문이 들었다. 그리고 책을 읽고 나니 가능은 하겠지만 아무래도 한국 현지 법인 취업이 주된 내용이라 '우리와는 안 맞겠구나'는 생각이 들었다. 그렇게 마음 한구석에 '동유럽 이민'을 담아두었다. 그러다 여행을 떠나 동유럽에 도착해 문득 혹시나 하는 마음에 이 책을 쓴 최동섭 씨에게 이메일을 보냈다. 그는 무모하리만큼 대담한 자신의 이민 이야기를 들려줬다.

최동섭

거주지	슬로바키아 브라티슬라바
직업	회사 운영
체류기간	13년

"서른한 살에 동유럽으로 떠난 남자"

대학 졸업 후 일본계 회사에 취직을 한 동섭 씨는 일을 하면서도 유럽 이민에 대한 갈망을 접을 수가 없었다. 그 갈증을 풀기 위해 호기롭게 아일랜드 이민을 실행에 옮겼지만 그의 도전은 너무나 빠르게 벽에 부딪혀버렸다. 그의 발목을 잡은 것은 바로 '비자'였다.

유명 프랜차이즈 레스토랑에 취업을 했으니 당연히 비자를 받을 수 있겠다고 생각했던 그의 허망한 착각은 이후 유럽 이민의 0순위는 '거주비자'라는 생각을 확고히 하게 했다.

결국 그는 비자 문제로 한국으로 돌아올 수밖에 없었고, 수중에 남아 있는 돈은 천만 원도 되지 않았다.

이민을 결심한 계기가 있으셨나요?

'이민을 가겠다'는 거창한 다짐은 아니고요. '내 의지와 상관없이 대한민국에서 태어나 30여 년을 살았으니, 남은 인생은 내가 원하는 나라에서 살고 싶다'였어요. 한국은 모국(母國), 유럽은 자국(自國)인 거죠. 어렸을 때 〈먼나라 이웃 나라〉나 배낭여행 책을 좋아했어요. 해외 펜팔도 많이 했고요. 인도네시아, 일본, 말레이시아, 미국 애들과 기초적인 영어로 펜팔을 했던 경험들이 용기를 줬어요. 영어를 잘하진 못했어요. 하지만 거부감이 없었던 거죠. 군 제대 후 유럽 배낭여행을 다녀왔고요.

아일랜드로 첫 이민 준비를 했을 때 주위의 반응은 어땠나요?

실은, 주변 분들에게는 아일랜드로 취업이 되어 떠난다고 거짓말을 했어요. 그래서 걱정하는 사람이 많지는 않았어요. 사실 완전히 틀린 말은 아니었던 게 사전답사 차 방문했을 당시, 한국 분의 도움을 받아 유명 패밀리 레스토랑에 풀타임으로 일을 하기로 되어 있긴 했으니까요. 주변 어떤 사람의 말보다 아내가 "걱정은 되지만 해보자"라고 얘기해줘서 힘이 됐어요.

한국에 돌아와서도 다시 나갈 날만 기다렸나 봐요.

아일랜드 이민을 실패하고 다시 한국으로 돌아왔을 때, 현실은 막막했지만 정신을 똑바로 차려야 했어요. 이러다가 까딱 잘못하면 극빈층으로 떨어질 수도 있겠다고 생각했죠. 한국에 머무는 동안 월 80만 원을 받는 아르바이트도 하면서 다시 유럽으로 이민 갈 준비를 했어요. 한국에서의 생활이 9개월 정도 지났을 무렵 '슬로바키아에 기아 자동차 공장이 들어선다'는 뉴스를 봤어요. 그걸 보고 슬로바키아행을 결심했죠.

왜 그런 생각을 하신 거죠?
저는 평범한 사람이기 때문에 남들과 경쟁해서는 힘들어요. 한국 사람들이 안 가는 곳에 가야 했죠. 그 당시 슬로바키아는 한국 사람이 많지 않고, 아직 발전을 하지 않아서 왠지 정이 갔어요. 한국 기업들이 막 진출해서 뭔가 어수선하다는 느낌도 있었고요. 그래서 기회가 있다고 생각했어요.
서유럽은 사회의 틀이 다 갖춰져서 제가 들어갈 틈이 없어요. 세금도 많이 내고 급여도 짠 것 같아요. 동유럽엔 한국 기업이 많아서 한국인 '메리트'가 있어요. 몇 년 전부터는 한국에서 왔다고 하면 현지인들이 "안녕하세요"라고 인사를 해요.

© 최동섭

슬로바키아의 수도 브라티슬라바의 한 쇼핑몰에서

"'어렵겠지….
근데 될 수도 있잖아'라는 생각"

2004년 봄, 동섭 씨는 슬로바키아의 수도 브
라티슬라바에 도착했다. 인터넷도 잘 안 되
던 그 시절, 숙소가 없었기에 유스호스텔, 호
텔 등 닥치는 대로 찾아갔다. 그런데 그가 찾
은 숙소들은 모두 만실이었다. 발걸음을 돌려
강가에 앉아 가방을 움켜쥐고 있던 그의 앞에
한 일본인 할아버지가 지나갔다.
그는 지푸라기라도 잡는 심정으로 할아버지
를 붙잡고 다짜고짜 도움을 요청했다. 대학
졸업 후, 1년 간 일본에서 일하며 익힌 일본
어가 이렇게 요긴하게 쓰일 줄은 몰랐다. 당
시 슬로바키아에서 일하던 그 할아버지는 이
틀 동안 그를 자신의 집에 묵게 해줬다.

처음에 정착은 어떻게 하셨어요?

그때는 참 무모했어요. 무작정 기아 공장이 세워지는 질리나 (Žilina) 기차역에 도착해서 지나가던 현지인에게 "방을 구하고 있는데, 도와줄 수 있을까요?"라고 말을 걸었어요. 기적처럼 그 청년은 남는 방이 있었고 월 200유로를 내고 그 집에 머무르게 됐죠. 슬로바키아에 막 도착해서 취업을 준비하던 7개월이 가장 힘들었어요. 많이 불안했죠. 그 당시는 집에서 인터넷이 안 되었어요. 매일 PC방 가서 이력서 보냈던 곳들의 답장을 기다렸어요. 취업이 안 되면 다시 한국으로 돌아가야 하잖아요.

한국을 떠나기 전에는 일단 그곳에 가면 일이 생길 줄 알았어요. 한국 사람을 만나려고 질리나 거리를 배회하기도 했어요. 그러다 성과가 없어, 이력서를 들고 무작정 한국 기업을 찾아갔어요. 정말 운이 좋게 때마침 한국인 직원이 필요했던 삼성전자 생산법인에 취직이 된 거죠. "일을 하겠다고 찾아왔으니, 어디 우리 한번 해봅시다"라던 인사담당자의 말씀이 아직도 기억에 남아요. 그렇게 거기서 9년 동안 일했어요.

한국 회사 현지채용으로 이민을 시작하는 게 좋은 방법일까요?

시작은 그게 좋아요. 그게 아니라면 자영업 혹은 현지회사 취업인데 만만치 않아요. "한국직장 생활이 싫어서 왔는데 또 한국회사에서 일해야 하냐"고 할 수 있는데 이건 (영주권을 얻기 위한) 중간 과정이고, 필요한 기간이에요. 영주권(장기체류허가)이 있어야 신분이 자유로워지고 자영업을 하거나, 현지회사에 취업을 할 때 법적인 문제가 없거든요. 하지만 최근에는 현지 유럽회사에 바로 취업해서 오거나, 소자본 창업을 통해서 정착하는 사람이 조금씩 생기고 있어요.

외국에서 일자리를 구하기 위해선 어떤 준비가 필요할까요?
아일랜드와 슬로바키아를 예를 들면 취업에 필요한 건 두 가지예요. 영어와 자신만의 기술. 명문대 인문학과를 졸업한 사람보다 지방의 기술 고등학교만 나온 사람이 더욱 유리할 거예요. 그렇다고 좌절하지는 마세요. 미국이든 유럽이든 두드리면 열릴 수 있어요. 그런데 두드리지 않으면 100퍼센트 안 열리겠죠.

한인 여성 취업자는 얼마나 되나요?
아무래도 슬로바키아에 진출한 한국 기업이 대부분 제조업이라 남성보다 많지는 않아요. 그래도 여성 취업자들도 분명 존재하죠. 예를 들면 회계담당이나 일부 영업부서에는 한국인 여성에게 좀 더 많은 기회가 돌아가고 있는 편이에요.

오스트리아와 슬로바키아에 흐르는 도나우강 근처 동산에서

© 최동섭

"이민 13년차,
그저 거주지만 옮겼을 뿐"

그는 현지 직장에서의 경험을 살려 한국과 유럽, 터키 기업의 거래를 이어주는 회사를 운영하고 있다. 뿐만 아니라 유럽에 거주하는 한인들을 대상으로 한 잡지를 온·오프라인으로 발행하고, 유럽 이민에 관심 갖고 있는 사람들에게 현실적인 조언자 역할도 하고 있다. 이제 이민생활 10년을 훌쩍 넘긴 그는 이민에 대한 개념이 달라져야 한다고 말한다. 한국을 완전히 떠나 고국을 그리며 살고 있는 20~30년 전 과거의 이민과는 달리, 이제는 그저 비행기로 11시간 떨어진 동유럽에 사는 것뿐이라고. 언제든지 마음만 먹으면 비행기를 타고 쉽게 한국에 갈 수 있는 세상일 뿐만 아니라 인터넷의 발달로 친목, 정보 교류도 쉽게 할 수 있으니, 한국에 살고 있는 것과 큰 차이가 없다는 것이다.

아이들이 적응하기에는 어떤가요?

서유럽은 워낙 다문화 가정에 대한 역사가 깊어서 학교도 외국인에 대한 프로그램이 잘 만들어져 있어요. 그래서인지 서유럽인들은 흑인, 동양인들에 대해 별반 크게 주목하지도 않아요. 하지만, 동유럽에선 동양인, 특히 한국 아이들을 신기하게 쳐다볼 수 있어요. 한국인들이 동유럽에 최근처럼 많이 거주한 적이 없었거든요. 아이를 현지학교에 보낼지 또는 국제학교에 보낼지는 아이의 진학 방향에 따라 신중하게 결정해야 해요. 현지학교는 거의 무료지만 아이들이 적응하기 쉽지 않은 편이고, 대학 진학 시 선택할 수 있는 학교도 일부 국가로 제한되어 있어요. 반면에 국제학교는 학비가 연간 2,500만 원에서 3,000만 원 수준이지만 대학 진학에 대한 문이 넓은 편이고, 학교생활에 적응하기도 상대적으로 무난해요. 현지학교일 경우에는 대부분 그 나라 아이들이겠지만, 국제학교일 경우 모두 비슷한 상황이니까요.

　　동유럽 이민을 고민하는 분들에게 하고 싶은 말이 있나요?

일단 현지에 가보라고 하고 싶어요. 답사라고 생각하면 돼요. 괜찮으면 정착하고 아니면 돌아갈 수 있거든요. 가족들과 공항에서 눈물의 이별을 하던 시대는 지났어요. 한국 사고방식으로는 쉽지 않을 수도 있는데, 모든 가능성을 열어두는 게 좋아요. '어렵겠지. 근데 될 수도 있잖아' 이렇게요.

우리나라는 지리상으로 삼면이 바다로 둘러싸인 곳이지만 정치적으로 사면이 모두 막혀 있다. 사실상 대한민국이라는 섬에 사는 셈이다. 그래서 다른 나라로 가려면 무조건 '비행기(배로도 갈 수 있지만)'를 타고 해외(海外)로 가야 한다. '초밥 먹으러 일본 다녀올게'라는 말을 농담처럼 하긴 하지만, 정작 실행을 하려면 하루 이틀의 여유와 여권이 필요하다.

나도 모르는 사이 국경을 넘어 있던 유럽 여행은 머리 한쪽에 박혀 있던 국경의 개념을 사뿐히 밟아주었다. 최동섭 씨가 드라이브를 시켜주겠다며 오스트리아로 차를 몰고 갔을 땐, 슬로바키아와 오스트리아의 경계조차 모호해 보였다.

한국을 떠나면 알게 된다. 우리가 얼마나 이 작은 땅덩어리에서 경쟁하고 미워하고 시기하고 있는지 말이다. 자신이 꿈꾸는 미래를 꼭 이 안에서만 찾을 필요는 없다. 시대가 변해도 여전히 세계는 넓고, 할 일은 많다.

브라티슬라바 올드타운
브라티슬라바 시내를 다니는 전차

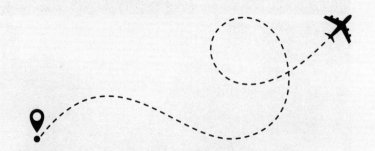

Grenoble
France

"행복하다는 말이
낮설다면?"

'지금의 행복'을 찾아 떠난 부부

프랑스
그르노블

프랑스 남부 그르노블에 살고 있다는 부부의 연락을 받았을 때, 처음 들어보는 낯선 도시 이름에 호기심이 생겼다. 독일 베를린에서 렌트한 차를 끌고 며칠 후에 도착한 부부의 집에서 우리는 이틀 밤을 보내며 긴 대화를 나눴다. 그들은 7년 동안 생활하면서 느낀 프랑스 사회에 대한 이야기를 하나하나 풀어냈다.

곽원철, 류리

거주지	프랑스 그르노블
직업	에너지 회사 근무 (곽원철)
체류기간	7년

곽원철

1997년	대학원 졸업
1997년~2009년	한국 오라클 등 근무
2006년	결혼
2009년	프랑스 도착
2009년~2011년	MBA
2011년	슈나이더 일렉트릭 근무

류리

2001년	대학 졸업
2002년	여성개발원 근무
2003년~2008년	국회의원 보좌진
2006년	결혼
2008년	대학원 졸업
2009년	프랑스 도착

"안정된 삶을 내려놓고
프랑스로 떠나다"

2009년 여름, 부부는 프랑스로 떠났다. 곽원철 씨는 37세, 류리 씨는 33세였다. 두 사람 모두 사회적으로 안정된 위치였고, 상당한 수준의 연봉을 받고 있었다. 직장생활 또한 그만두고 싶을 정도로 불만에 가득 찼던 것도 아니었다. 하지만 두 사람은 안정된 삶을 내려놓고 새로운 길을 찾아 떠났다. 그들은 왜 한국이 아닌, 프랑스를 선택했을까.

이민을 선택한 이유는 무엇인가요?

원철 : 사는 나라를 바꾸는 건 인생을 바꾸는 결정이에요. 한 가지 요인만으로 결정할 수 있는 것은 아니고, 여러 요인들이 합쳐지면서 어떤 임계점을 넘었을 때 결정하게 되는 거라고 생각해요. 더구나 그 결정을 하는 때가 30대 후반이면요. 그렇다고 만나는 사람마다 모두 다 설명할 수는 없기 때문에, 상대에 맞는 요인을 들어 대답을 해요. 가령 저랑 정치적 스탠스(입장)가 비슷할 것 같은 사람에게는 '이명박이 싫어서'라고 대답하는데, 보통은 그냥 '프랑스에는 나무랑 새가 많아서'라고 해요.

리 : 2008년 '명박산성' 때문에 집(광화문 인근)에 가는 길이 막힌 적이 있어요. 내가 내 집에 못 들어간다는 게 확 와 닿았던 것 같아요.

원철 : 잘 모르지만 그분도 인간적으로는 아마도 훌륭한 분이었겠죠. 다만 그분으로 대변되던 물질적인 가치가 싫어서 떠난 거예요. 그런 사람을 지도자로 밀어 올리는 사회 분위기가 숨 막혔어요. '이명박 때문에 떠났다'는 게 본질은 아니에요. 여러 요인 중에 하나죠.

이민을 결정할 당시 두 분은 어떤 상황이었나요?

리 : 소득 수준도 꽤 좋았어요. 비슷한 경력에 비해 적은 편은 아니었죠. 나름 정점을 찍고 있을 때였는데 '이게 계속될까?'라는 의문이 들었어요. '이런 생활을 얼마나 할 수 있을까', '40대의 우리는 어떨까' 생각해봤는데 선배들을 보면 그리 긍정적이지 않은 거예요. 롤모델도 없고요.

원철 : 직장 생활하다 보면 5, 7, 10년 차로 '카운트 업'을 하다가 15년 정도 하면 '카운트 다운'을 시작하게 돼요. '내가 은퇴까지 얼마나 일할 수 있나. 이 속도로 가면 다다를 종착점이 어디인가' 하고 말이죠. 제가 그때 부사장님께 보고하는 자리에 있었어요. 내가 지금 동료들을 경쟁에서 다 이기고 이 길로 잘 따라가면 저 자리인데, 아무리 봐도 별로 좋아 보이지 않는 거예요. '내가 저 자리로 가려고 그렇게 기를 써야 하나' 다시 생각하게 된 거죠.

리 : 저의 가치관이 획일적인 잣대 안에서 평가받는 게 불편했어요. 나이와 직급에 따라 '과장이면 어떤 차 정도는 타야 한다' 그런 거 있잖아요. 또래의 친구들이 관심 갖는 명품과 성형에 대해서도 전 물음표였는데, 우리 아빠부터 "성형 안 하냐?"고 물어봐요. 나이 먹을수록 더 할 거 아니에요. 여기선 그런 스트레스는 안 받아요. 그리고 점점 더 보이지 않는 낭떠러지로 가고 있다는 생각이 들었어요. 아이를 갖는 걸 막 생각할 때였거든요. '수단과 방법 가리지 않고 이루기만 하면 돼' 하는 나라에서 '내 아이를 키울 수 있을까'

생각하니까 아찔하더라고요.

한국에서의 생활과 차이가 있었을 텐데 후회하지는 않았나요?

리 : 작년에 남편 회사에서 싱가포르 아시아 본부에서 일해보지 않겠냐는 제안을 했어요. 급여가 상당히 높아서 3년 후에 돌아오면 (프랑스에서) 집을 살 수 있겠더라고요. 그런데 생각해보니 한국에 있었으면 그것보다 더 벌었을 것 같은 거예요. 돈을 많이 벌려고 프랑스에 온 게 아닌데 그렇게 결정하는 건 다시 한국에서 사는 것과 다를 바 없겠더라고요.

원철 : 삶의 질을 보면 프랑스가 더 낫다고 판단한 거죠. 물질적인 욕심은 망망대해에 표류하면서 목마르다고 바닷물을 마시는 것과 똑같아요. 잠깐 지나면 더 목마르거든요. 내가 연봉 1억 원이면 괜찮을 것 같죠? 그러면 3억 원 버는 사람들이 부러운 거예요. 3억 원 벌면 10억 원 버는 사람이 부러워지고요. 10억 원 벌면 '나는 뼈 빠지게 일해서 10억 원 버는데 저 놈은 부모가 부자라…' 이렇게 되는 거죠.

리 : 시간이 지날수록 한국으로 갈 생각은 줄어들어요. 2년에 한 번 정도 한국에 가는데 삶의 질이 떨어지는 게 느껴지더라고요. 가족이 있긴 한데 공기도 너무 나쁘고 점점 머뭇거리게 돼요. 만나는 사람들도 직장, 관계에 대해 부정적인 이야기를 많이 하고요. "우리 정말 행복해"라고 하니까 사람들이 신기해해요. 그런 말을 TV

아닌 곳에서 듣기는 어려운 거죠. 제일 중요한 건 '한국에 있었으면 우리 부부 관계가 지금 같을까'예요.

원철 : 제가 '제일 좋은 남편'이라고 생각하진 않지만 '제일 대화를 많이 하는 남편'이라고는 생각해요. 집에 오면 같이 산책하면서 낮에 회사에서 했던 일이나 만난 사람들 이야기를 다 해요.

리 : 한국에서 함께 산 3년은 지금의 깊이, 양과 비교가 안 돼요. 한국에선 하숙 생활도 아닌 같이 침대를 쓰는 룸메이트였죠. 밥도 거의 밖에서 먹었으니까요. (국회)의원실에서 저만 여자니까 살아남아야 한다는 생각에 더 일찍 나가고, 더 늦게까지 악착 같이 일했어요. 몸도 축나고 관계도 망가졌죠. 5년 동안 국회에 있으면서 친구 결혼식도 한 번 못 갔어요.

부부와 함께 산책하다 들른 동네 박물관
바스티유 요새에서 바라본 그르노블 전경

"가장 하고 싶고,
잘할 수 있는 일을 찾다"

이대로는 안 된다는 결정에 이르자 둘은 다음 계획을 세우기 시작했다. 일단 큰 달력을 찢은 후 뒷면을 펼쳤다. 원철 씨는 자신이 잘할 수 있는 것과 하고 싶은 것들을 하나씩 적어나갔다. 쓰고 지우기를 반복하다 마지막에 선택한 건 프랑스 경영전문대학원(MBA) 졸업 후 취업이었다. 취업 분야는 기존 IT 경력을 활용할 수 있는 헬스케어나 에너지를 목표로 삼았다. 다행히 그는 원하는 학교에 입학할 수 있었다.

유럽 여러 나라 중에 프랑스로 정한 이유가 있나요?

원철 : '브렉시트(Brexit)' 전에도 영국은 유럽이라기보다 별개로 보는 게 맞아요. 벨기에, 네덜란드, 오스트리아는 너무 규모가 작고요. 그러면 서유럽 4대국인데 이탈리아, 스페인은 그 나라 젊은이도 취업이 어려웠죠. 독일은 제가 비집고 들어갈 틈이 없어 보였어요. 근데 프랑스는 열심히 공부해서 명문 학교를 나오면 제가 들이밀 수 있겠다는 생각이 든 거죠.

독일은 평준화 사회인데, 프랑스는 학벌 사회예요. MBA 독일인 교수가 이렇게 말했어요. "내가 HEC(Hautes études commerciales de Paris) 교수라고 하면 프랑스에선 인정받는데 독일에선 신경도 쓰지 않는다"라고요. 프랑스에선 HEC를 나오면 기회가 있겠다는 생각이 들었어요. 독일에선 그런 메리트가 없고요.

프랑스에서의 생활은 어떠셨나요?

원철 : 제가 다닌 학교는 다수의 프랑스 대기업 CEO를 배출한, 프랑스에서 가장 유명한 MBA 중 하나예요. 학교 다니는 동안 제가 할 수 있는 모든 걸 쏟아부었어요. 새벽에 일어나 인터넷 강의를 듣고, 공부 외에 학교에서 할 수 있는 여러 이벤트들도 많이 기획했죠. MBA 끝내고 지금 다니는 '슈나이더 일렉트릭' 6개월 임시직(인턴)으로 뽑혔는데, 이때도 두세 시간밖에 못 자고 일했어요. 이렇게까지 했는데 안 뽑으면 이건 내가 부족해서라기보다 애초에 내 자리가 아니었던 것이라고 생각했어요. 다행히 취업이 돼서 "오늘만큼은 축하하자"고 아내와 같이 나갔는데, 아는 식당이 없어서 결국

맥도날드에서 외식을 했어요.

　유학 후에 직무가 IT에서 전략기획으로 바뀌었어요.

원철: 2009년(한국오라클 근무 당시) 오라클이 썬마이크로시스템즈를 74억 달러에 인수했어요. 그때 썬이 혼자 살아남지 못하는 건 불 보듯 뻔했고, IBM의 인수가 예상됐어요. 근데 인수 무산 이틀 후에 오라클이 인수를 발표했어요. 래리 엘리슨 오라클 회장이 74억 달러 인수를 그냥 할 수는 없어요. 수뇌부가 최소한 6개월은 조사했을 거예요. 그걸 오라클 전 세계 직원은 몇 명이나 알고 있을까요. 한국 오라클 사장은 물론 아시아태평양 사장도 몰랐을 거예요. 그런 결정을 보며 조금이라도 가까운 곳에서 일하고 싶다는 생각을 했어요.

그리고 국내 IT업계의 분위기에도 물려 있었고요. 어떤 새 기술이 나오면 반드시 필요해서 하기보다는 경쟁사가 하니까 그냥 하는 경우가 적지 않아요. 예를 들어 A은행이 차세대 시스템을 만들면 B은행도 따라 하는 거예요. "야 이거 안 했다가 우리가 경쟁사에 뒤처지면 네가 책임질 거야?" 하니까요. 그런 게 견디기 힘들었어요. 저는 왜 하는지 모르겠는데 그냥 해야 하는 건 못 참아요. 그걸 깨닫는 순간부터 동기부여가 되는 의미 있는 일을 해야겠다고 생각했어요.

　프랑스에서는 그런 게 가능한가요?

원철: 프랑스 사람들은 '왜'를 진짜 많이 따져요. 한국에서 "너 왜

그거 했니?"라고 물으면 "다들 그렇게 해서요"라고 하잖아요. 여기서 그건 진짜 멍청한 답이 되는 거예요. 프랑스는 사소한 것이라도 이유가 있어요. 그냥 하라고 해서 되는 건 하나도 없어요.

제가 한국에서 40년 가까이 살았지만 어떻게 해도 설명이 안 되는 게 꽤 많거든요. '이건 왜 이럴까? 왜 이런 문제가 있는데 왜 안 바뀔까?' 하는 것들이요.

근데 여긴 다 따지고 보면 이유가 있기 때문에 지루하지 않아요. 회사든 일상생활이든 내가 불합리하다고 느끼면서 꾹 참는 건 없어요. 회사 일도 마찬가지예요. 그냥 시켜서 하는 건 없어요. "과연 그럴까? 정말 그래? 진짜야?" 이렇게 생각하는 게 저의 취미나 다름없는데, 이젠 일을 할 때도 적용이 되니까 만족하는 거죠.

프랑스 회사는 한국 회사와 어떤 점이 다른가요?

원철 : 한국 사람들이 오해하는 부분이 있는데 프랑스 회사도 직원이 일을 많이 하는 걸 좋아해요. 제 팀장도 '워커홀릭'이에요. 오전 8시에 출근해서 점심시간에도 일하고 오후 8시 사무실 문 닫을 때까지 일해요. 집에 가서도 일하고요.

여기도 그런 사람이 승진해요. 그렇기 때문에 더 도전해볼 만해요. 한국에선 모든 사람이 열심히 하거나 최소한 열심히 하는 척이라도 하잖아요. 여기 사람들은 척은 안 하거든요. 열심히 일해서 승진하는 사람이 있고, '난 가족과의 삶이 더 중요해' 하는 사람이 있어요. 선택의 문제예요. 한국과 다르게 열심히 하는 사람은 명확하게 부각되는 거죠.

다른 건 어때요? 한국 회사 같은 사내정치는 없나요?

원철 : 얼굴 한 번 더 본 사람에게 마음이 가는 건 자연스러운 거죠. 하지만 상사의 술자리에 따라가고 그런 건 없어요. 전에 동료들이 큰 프로젝트를 성공리에 끝내서 맥주 한 잔 하자고 했는데 정말 맥주 딱 한 잔만 하고 헤어지더군요.

승진은 본인이 요구해야 돼요. 한국 기업에선 '알아서 기다리면 될 텐데 먼저 바란다'고 보잖아요. 유럽은 요구를 안 하면 '원하지 않나 보다' 하고 안 줘요. 입사 2, 3년 후 '난 열심히 한 것 같은데 보상이 없는 것 같다'는 얘기를 동료에게 하니까 "너 그거 상사한테 얘기했어? 얘기를 해야 주지"라고 하더라고요. 상사에게 말하고 반년 후에 승진했어요.

휴가는 얼마나 쓰세요?

원철 : 1년에 45일 정도 나와요. '워킹데이'로 9주니까 두 달이 조금 넘는 기간이죠. 법정 휴가는 25일이고요. 지식 노동자는 '9 to 5'(오전 9시 출근, 오후 5시 퇴근)로 업무가 끝나기가 쉽지 않으니 초과 근무가 생기는 경우가 있어요. 그 부분을 회사가 인정해서 휴가로 대체해서 주는 거예요. 처음에는 '이 많은 휴가를 어떻게 다 쓰지?' 했는데 돌이켜보면 저도 해마다 다 소진했어요. 평상시에는 열심히 일하지만 쉬는 기간 동안에는 확실히 쉬는 거죠. 저희 회사는 근무 시간에 짬을 내서 개인 볼일 보는 걸 이상하게 생각해요. 은행이나 부동산 등의 일로 한두 시간 자리를 비울 일이 생기면 그냥 휴가를 내요. 근무 시간에는 다들 집중해서 일을 하고요.

한국이 따라가기 어려운 건 어떤 게 있을까요?

원철 : 프랑스는 나이에 대해서 정말 신경 쓰지 않아요.

10년 전에 슈나이더 일렉트릭의 매출이 약 10조 원이었어요. 당시 40대 초반이었던 지금 CEO(장파스칼 트리쿠아)가 발탁되고 매출이 30조 원으로 올랐어요. 지금 회사에서 2인자도 40대 중반으로 저보다 한 살 많아요. 미국도 이렇지는 않아요. 실리콘밸리는 조금 다르지만, 거대한 제조업 회사인 GE, GM은 나이 많고, 경험 많은 사람이 CEO를 해요.

여기는 아랫사람이 나보다 똑똑하다고 생각하면 내 위로 올리는 게 당연하다고 생각해요. 그게 동기부여가 되는 것 같아요. 한국에선 위로 올라갈수록 일 안 하고 관리만 하려는 경우가 많은데, 여기는 위로 올라갈수록 능력도 출중하고 일도 더 많이 해요. 상사가 먼저 출근하는 것도 당연해요. 제 아래에도 자기 일만 딱 하고 가는 사람들이 많아요. 하지만 올라갈수록 그렇지 않은 거죠.

프랑스 문화가 한국 문화와 가장 다른 점은 뭐라고 생각하세요?

원철 : 다양성이요. 한국에선 다들 똑같은 걸 해야 해요. 기준이 있고, 그중에 가장 잘하는 사람을 뽑는 거예요. 그 기준에서 100점 맞은 사람을 뽑아요.

한국에선 1,000가구가 다 똑같은 아파트에서 살아요. 짓는 사람도 사는 사람도 그게 더 경제적이죠. 그리고 '나 말고 999가구가 똑같이 사는구나' 하고 안심해요. 그런데 프랑스 사람들은 그런 걸 정말 싫어해요. 거기서 오는 비효율성을 귀찮아하지 않는 거죠.

우리 회사는 A, B 같은 사람은 있는데 C 같은 사람이 없어. 그러면 C 같은 사람을 뽑는 거예요. 그래서 여기선 남들이 하는 걸 안 하려고 해요. 한국은 남들이 하는 걸 다 해야 하지만요.

저는 여기서 비주류고, 이방인이고, 다양성에 기여하는 사람이에요. 그 점을 '밸류 애드' 할 수 있는 곳을 찾은 거예요. 비주류인 나 하나로 인해서 내가 속한 집단의 다양성이 커지거든요. 저도 회사에서 하루하루 나날이 배우고 있어서 정체될 수가 없어요. 제 자체가 이질적이니까요.

예를 들어 A와 B라는 임원이 있다고 해보죠. 두 사람 밑에 10명씩 있는데 A쪽은 다 프랑스 사람이에요. B쪽은 미국, 인도, 한국 사람이에요. 그러면 당연히 B가 더 힘이 세죠. 같은 보고를 해도 '글로벌 커버리지'가 가능하니까요. 우리 팀장은 대놓고 말은 못 하지만 '나는 프랑스 사람은 절대 안 뽑는다'고 해요. "내가 프랑스 사람인데 왜 프랑스 사람을 뽑아? 가능하면 나와 조금이라도 다른 사람과 같이 일해야 다른 아이디어가 나오는데" 이렇게 생각하는 거예요.

제가 이 팀장과 4년째 같이 일하다 보니 이심전심 너무 말이 잘 통하게 됐어요. 팀장이 뭔가 요청했는데 제가 바로 딱 내놨고 결과물에 서로 만족을 하는 거죠. '아' 하면 '어' 하고 알아듣는 거죠. 그래서 최근에 '이제 우리가 헤어질 때가 됐구나'라고 서로 얘기하고 동의했어요. 팀장 입장에서도 다른 아이디어를 갖고 있는 사람이 와야 새로운 일을 할 수 있는 건데 너무 잘 맞는 거잖아요.

파리 여행 중
오랜 기다림 끝에 만난 딸, 레나와 함께

"한국이 싫어서가 아니라
이 나라가 좋아서"

3일 동안 함께 지내며 바라본 부부의 삶은 평온
해 보였다. 사람은 쉽게 변하지 않는다고 했는
데, 이들은 원래 이곳에 살던 사람처럼 일상의
평화로움을 즐기며 과거의 뻣뻣함은 모두 덜어
낸 것 같았다. 부부는 프랑스의 문화가 자신들이
추구하는 방향과 어울린다고 말했다.

생활면에선 한국과 달라진 점은 어떤 게 있을까요?

리 : 유학 초반 MBA가 있는 베르사유 쪽에서 살았어요. 산책을 하다가 뭔가 이상한 걸 느꼈는데 세 가지였어요. 어떤 차도 경적을 울리지 않고, 아이들이 울지 않고, 개가 짖지 않더라고요. 동네마다 다르지만 엄마 혼자 애 셋을 데리고도 너무 편안하고 평화롭게 산책하는 건 정말 신기했어요. 아이들이 전반적으로 얌전해요. 그러다가 중학생이 돼서 교과과정에 포함된 자기 권리, 자율성을 배우고 나면 격렬하게 저항하기 시작하죠.

한국과 또 다른 점은 세금을 많이 내요. 매년 9월마다 세금신고를 하는데 대략 한 달 월급을 통째로 냈어요. 그러다 보니 9, 10, 11월은 거의 죽음의 달이죠. 작년엔 해도 해도 너무하다고 흥분했는데 생각해보니, 제가 프랑스에 와서 시험관 시술을 3번 했는데 모두 무료였어요. 입원했을 때 한푼도 안 냈고요.

저는 프랑스에 와서 '드디어 아이를 가질 수 있겠구나' 생각했어요. 국회에서 일할 때도 시험관을 했는데 화장실에서 주사를 맞아야 했어요. 나의 모성성에 대해서 아무런 지원을 받지 못하는 근무환경이었죠. 그르노블에 와서는 일보다 아이 갖는 것에 집중하면서 건강을 챙겼어요.

나이가 있는 이민자들은 향수병에 대한 이야기를 하던데
두 분은 어떠세요?

리 : 그런 분들이 주변에 꽤 있어요. 그래서 한국으로 다시 돌아간 분도 있고요. 저희는 한국에 있는 지인들이 "한국에 안 들어와?"라

고 물으면 "프랑스로 와"라고 초대해요. 같이 먹고 자다 보면 한국에 있을 때보다 더 돈독해져요. 작년 5월부터 한 달에 두세 팀씩 왔어요. 그리고 지금은 옛날에 비해서 향수병이 덜할 수밖에 없을 거예요. 스마트폰으로 메신저도 할 수 있고 언제든 연결되어 있으니까요. 저희도 여기서 한국 방송 봐요.

만약 저희 같은 인문계 직업군이 프랑스에서 살고 싶다면
어떤 조언을 해주실 수 있을까요?

원철 : 프랑스에서는 우선 학교에 입학하는 게 제일 좋아요. 어학은 조금 비싸지만 전공 석사 과정은 저렴하니 공부하면서 이 사회를 관찰할 수도 있죠. 그리고 프랑스 정부가 인재 확보 차원에서 외국인들의 스타트업 창업을 지원해요. 6개월에서 1년 창업 준비 자금을 지원하고 비자도 줘요. 프랑스와 한국을 연계할 수 있는 아이템이 있다면 적극적으로 권하고 싶어요.

프랑스 이민을 추천하나요?

원철 : 유럽에 맞는 사람이 있고 안 맞는 사람이 있을 거예요. 유럽 사람들은 개인의 행복과 권리에 과도하게 집착해요. 집단? 그런 거 없어요. 미국은 애국심을 강조하지만 프랑스에선 안 통해요. 개인의 행복을 최우선으로 생각하고, 국가는 나의 행복을 받쳐주기 위해 존재하는 거죠. 회사도 마찬가지고요. 그냥 묵묵히 시키는 일만 하려는 사람은 안 오는 게 나아요.
대신 지인에겐 '자녀를 유럽으로 보내라'고는 조언해요. 미국 대

학은 교육의 질은 좋지만 너무 비싸죠. 그에 비해 유럽은 비용 부담도 적고 교육의 질이 높아요. '세계화(Globalization)'는 거스를 수 없는 대세예요. 그런데 미국, 유럽은 차이가 있어요. 미국이 말하는 건 사실 '미국화(Americanization)'인데 유럽이 말하는 건 '국제화(Internationalization)'예요. 유럽에선 독일, 프랑스가 잘 나가도 어느 국가 기준에만 맞추는 게 불가능해요. 그래서 서로 보완하면서 사는 게 익숙한 거죠.

리 : 한국에 계신 분들이 저희에게 여러 가지 질문을 하세요. 그분들에게도 기본적인 것만 얘기해요. 어떤 꿈과 어떤 필요에 의해서 왔다가 이러저러한 이유로 돌아가신 분도 있거든요. 저희가 이렇게 했다고 다른 분이 이렇게 해야 한다고 말하기도 힘든 거고요. 저희가 지인을 초대하는 것도 다양한 삶을 보여드리고 싶어서예요. 이런 모습을 보여드리면 '한국에서 살더라도 다르게 살 수 있지 않을까' 하는 생각도 들고요.

원철 : 어디를 목표로 향한다고 생각해야지, 어디를 떠난다고 생각하면 안 돼요. 한국은 짜증 나는 부분도 있지만 한편으로는 장점도 굉장히 많은 나라예요. '한국을 탈출하고 싶다'는 마음보다 '프랑스를 꼭 가고 싶다'가 훨씬 더 성공 확률이 높아요. 종이 한 장 차이지만 달라요. '미국을 가고 싶다', '실리콘밸리를 가고 싶다' 이렇게 구체적일수록 좋죠.

인터뷰를 끝내고 그르노블을 떠나기 전, 차로 십여 분을 달려 알프 스산맥과 닿아 있는 산에 올랐다. 날이 흐려 생각만큼 멋진 풍경은 마주할 수 없었지만 풀을 뜯고 있는 소와 양이 여기저기 흩어져 있 는 산인 점을 감안하면 이보다 더 멋진 동네 뒷동산은 없을 것 같 았다.

주말이면 알프스 산맥을 이웃 삼아 산책하는 우리의 모습을 상상 해봤다. '유럽'이라는 단어가 주는 낭만처럼 이곳에 와서 살면 왠지 우리의 일상도 영화처럼 느껴질 것 같다는 생각도 했었다.

하지만 우린 이국적인 낭만과 여유 대신 복잡한 서울에서의 삶을 택했다. 아주 단순하게, 우리가 원하는 일상이 여기 있기 때문이 다. 그들이 프랑스에 살고 있는 이유, 그리고 우리가 한국에 남아 있는 이유는 '한국이 좋다, 싫다'가 아니다. 그저 각자가 원하는 삶 을 살 수 있는 장소가 다른 것뿐이다.

이제르 강이 흐르는 그르노블 시내
곽원철 씨의 집 베란다에서 보이는 알프스 풍경

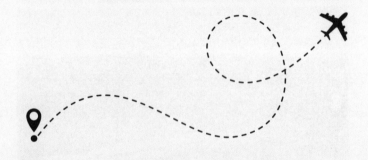

Essen
Germany

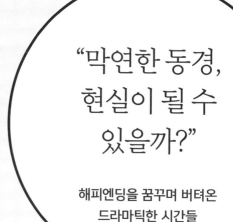

"막연한 동경, 현실이 될 수 있을까?"

해피엔딩을 꿈꾸며 버텨온
드라마틱한 시간들

독일
에센

인터뷰이를 찾는다는 글을 여러 이민자 커뮤니티에 올리자 몇 군데서 이 메일이 왔다. 그중 김성길, 정보경 씨의 이민 스토리는 마치 한 편의 드라 마를 보는 듯했다. 많은 이민자들이 타지에 정착하면서 외롭고 힘든 나날을 겪겠지만, 상대적으로 젊은 이 부부의 우여곡절은 우리를 계획에 없던 에센으로 향하게 했다.

김성길, 정보경

© 김성길, 정보경

거주지   독일 에센

직업   치기공사, 치위생사

체류기간   1년 9개월

김성길

2005년	1차 대학 입학(호텔경영학과)
2007년	대학 자퇴
2008년	군 입대
2010년	2차 대학 입학(체육학과)
2012년	3차 대학 입학(치기공과)
2014년	결혼, 독일 도착
2015년	치기공소 취업(치기공사)

정보경

2010년	대학 입학(치기공과)
2013년	졸업 후 치기공센터 근무
2014년	결혼, 독일 도착
2016년	치과 취업(치위생사)

"새로운 삶이
시작되기 전까지"

미국에 사는 두 고모 덕분에 어릴 때 이민을
갈 뻔했던 보경 씨는 해외 생활에 대한 막연
한 동경이 있었다. 그런 동경은 사회생활을
하면서 확신으로 변했다. 2007년 성길 씨와
교제를 시작한 그녀는 그때부터 그와의 인생
설계를 본격적으로 구상하기 시작했다.
보경 씨는 독일 이민을 위해 기술이 필요하다
는 생각에 치기공학으로 진로를 정했다. 성적
때문에 세 번의 대학생활을 한 성길 씨 역시
보경 씨의 도움으로 치기공과에 들어갔다. 그
리고 2014년 말 두 사람은 성길 씨의 학업이
끝날 무렵 독일 에센에 거처를 마련하는 데
성공했다.

독일 이민을 결정하게 된 이유는 무엇인가요?

보경: 고모를 통해 치기공사 분야가 해외에서 취업할 수 있다는 걸 알고 있었어요. 오빠(성길 씨)가 전역할 때쯤 제가 "기공 기술을 배워서 같이 외국 나가서 살자"고 했어요. 그냥 이대로라면 아무것도 없겠다고 생각했거든요. 독일에는 마이스터 제도가 있고, 기공술이 발달해 있어요. 아주 유명한 기공사도 독일 사람이고, 기공 기계의 80퍼센트가 다 독일산이에요.

보경 씨가 처음 독일로 가자고 했을 때 어떤 생각이 들었어요?

성길: 저는 보경이 얘기에 토를 안 달아요. 저희 어머니도 포기할 정도로 노는 걸 좋아했던 제가 보경이 만나고 인생이 바뀌었거든요. 대학도 다시 갔고, 보경이가 도와줘서 공부를 하다 보니 과 수석을 하고 매년 장학금도 받았어요. '내가 외국 가서 살 수 있을까' 걱정도 했지만 둘이 같이 가는 거니까 잘할 수 있겠다고 생각했어요.

독일의 마이스터는 해당 분야 경력과 더불어 엄격한 자격시험을 통과해야 한다. 마이스터가 되면 석사 또는 박사 정도의 실력으로 인정받으며, 직접 사업체를 운영하거나 직업학교에서 학생들을 가르칠 수 있다. 치기공이나 제빵, 자동차 정비 등 특정 직업군은 마이스터만 영업허가를 받을 수 있다.

여러 도시 중에 에센으로 정한 이유가 있나요?

보경 : 독일에는 여름과 겨울에 2주씩 두 번 사전 탐방을 왔어요. 한국에서 독일 집을 구하는 데 1년이 걸렸는데, 그게 에센이었어요. 독일에선 집을 구하려면 재정 보증으로 보통 3개월치 월급 명세서를 요구해요. 한국에 있던 저희에게 독일의 월급 명세서가 있을 리 없으니, 집을 구하는 게 쉽지 않았죠. 그래서 독일 부동산 사이트 대신 '베를린 리포트(독일의 한인 온라인 커뮤니티)'에서 밤낮으로 집을 찾다가 겨우 세입자를 구한다는 글을 발견한 거예요.

두 사람이 손수 꾸민 집

"일자리 전선에
뛰어들다"

무사히 에센에 집을 구하고 자리를 잡았으니,
이제는 취업을 해야 했다. 하지만 취업을 하
기엔 독일어 실력이 턱없이 부족했다. 한국에
서 독일인에게 과외도 받았지만 정작 실생활
에서는 큰 도움이 되지 않았다. 독일 정착을
위한 관공서 업무를 보면서 제일 자주 들은
얘기는 "독일어 할 줄 아는 사람을 데리고 오
라"였다. 일상생활에서 동양인이라는 차별은
없었지만, 독일어를 못해서 발생한 언어 차별
은 정말 힘들었다.

취업이 쉽지 않았을 텐데 구직 활동은 어떻게 했나요?

성길 : 지도에서 집 근처 10킬로미터 기공소를 찾아보니 60곳이더라고요. 15곳은 이메일로 지원하고 45곳은 제가 직접 찾아갔어요. 제 소개가 담긴 이력서와 (지금까지 만든 작품이 있는) A4 23장짜리 포트폴리오를 들고 갔죠. 60곳 중에 2곳에서만 '안 된다'는 답장을 받았어요. 나머지는 전혀 연락도 없었고요. 일단 외국인이라 꺼렸고, 두 번째는 한국 학위는 인정할 수 없다, 세 번째는 언어의 문제였어요. 단 한 곳도 안 되니까 그때는 너무 충격이 컸어요. 내가 독일에서 일할 수 있을까 좌절했죠.

보경 : 어학원을 먼저 등록하고, 짬짬이 한국인 이사, 식당 일을 하면서 집 주변의 치기공소에 이력서를 넣었어요. 그러다 신문광고에서 치기공사를 구하는 걸 보고 오빠한테 말도 안 하고 제가 오빠 이력서를 넣었죠. 운 좋게 면접 보자는 회신이 왔고, 독일에 온 지 9개월 만에 (실습)취업을 했어요.

　　취업을 하고 힘든 일은 없었나요?

성길 : 이제 막 독립해서 기공소를 차린 2명의 마이스터 사장이 첫 직원을 뽑은 게 저였어요. 처음엔 사장의 말을 90퍼센트 못 알아들었어요. 제가 사장이라면 안 뽑았을 거예요.

보경 : 오빠가 3일 정도 가채용 근무(Probearbeiten)를 한 후, 일하러 나오라는 답변을 들었을 때 너무 기뻤어요. 수습으로 3개월(일 4시

간 근무, 월 400유로) 일하는 거라 정규 계약도 아니었지만요. 그런데 며칠 후 한 사장이 오빠 일하는 걸 마음에 안 들어한 거예요. 어학원 다니는 동안 손이 굳고, 환경도 낯설어서 그랬던 건데 "이런 식으로 하면 일 못 한다"라고 성질을 냈대요. 근데 (오빠가) 그 자리에서 울어버린 거예요.

성길 : 어떻게 구한 직장인데 일을 못 한다고 하니까 눈물이 났어요. 처음부터 모두 다시 시작해야 하니까. 제가 울자 당황한 그 사장이 괜찮다며 뒤에서 안아주더라고요. 저는 "원래 이렇지 않다. 어학원 다니는 1년 동안 손이 굳어서 그런 거다. 조금만 지켜봐달라"고 했어요. 저는 조금 꼼꼼하게 일하는 편이고 그 사장은 빠른 일 처리를 원했던 건데, 지금은 익숙해져서 아무런 문제가 없어요.

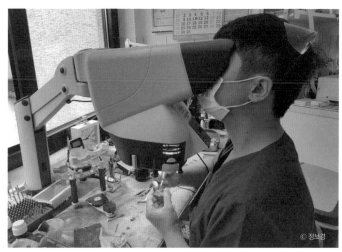

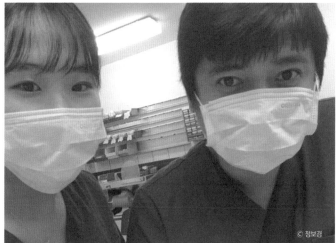

직장에서 일하고 있는 성길 씨
지금은 한 공간에서 일하는 부부

"한국이었다면
상상도 하지 못할 일의 연속"

실업 문제가 한국에서만 심각한 건 아니기에 많은 유럽 국가는 외국인 취업을 쉽게 허락하지 않는다. 독일로 온 많은 유학생들이 고국으로 돌아가는 이유도 결국 이 장벽을 넘지 못했기 때문이다.

수습 근무를 마친 성길 씨가 정규 근로계약을 하고 노동허가(Arbeitserlaubnis)를 신청했지만, 노동청에서 거절이 됐다. 한국에서의 치기공 면허증을 독일 면허증으로 변경 신청을 했어야 했는데, 그 과정을 몰랐기 때문이다. 또한, 치기공사는 독일에서 부족한 인력이 아니었기에 한국인을 군이 쓸 이유가 없었다. 계속 노동허가가 나지 않자, 성길 씨의 사장이 나섰다.

관공서 허가를 사장이 해결해줄 수 있는 부분이 있었나요?

성길 : 사장이 꾸준히 왜 저를 채용해야 하는지 사유서를 제출하고, 베를린 노동청에 전화해 노동허가를 요청했어요. "성길에게 노동허가를 주지 않으면 우리 회사가 문 닫을 때까지 독일인 채용은 없을 것"이라고 노동청을 압박했죠. 결국 독일인 실업자 한 명을 추가로 채용하면 노동허가를 해주겠다고 제안을 했고, 사장이 받아들여서 채용이 됐어요. 그 과정만 3개월이 걸렸어요.

보경 : 체류허가 예약 이메일을 받은 날 남편이랑 빵집에서 부둥켜안고 울었어요. 옆에서 이런 과정을 다 보니까, 저까지 이렇게 할 수는 없겠더라고요. 그래서 저는 아우스빌둥(Ausbildung, 직업교육)을 하기로 했어요. 치기공은 한국에서 배웠으니까 치위생사를 공부했어요. 지금은 집 근처 치과에서 일하고, 일주일에 두 번은 학교를 가요. 치과에서 급여도 받고, 학비도 원장이 내줘요.

독일의 근무환경은 어떤가요?

보경 : 저희 치과는 환자 치료가 퇴근시간 이후까지 이어지면 초과 근로를 5분 단위로 계산해요. 초반에 환자 치료가 오후 5시 반에 끝나서 퇴근 시간인 6시까지 휴게실에 앉아서 기다리고 있었더니 원장에게 '왜 퇴근을 안 하냐'는 소리를 들었어요. 또, 독일은 의사 도, 치위생사도 모두 동등한 관계로 일해요. 한국에서 의사는 앉아 서 일을 하고 환자 체어를 본인 시야에 맞추죠. 반면 서서 일하는 위생사들은 시야 확보가 되지 않아 자연스레 허리를 구부리거나 몸에 무리가 가는 자세로 일을 하게 돼요. 여기선 치위생사도 의자 에 앉아서 일해요.

그리고 한국은 치위생사를 위한 보안경을 지급하지 않는 치과가 많은데 사실 이건 감염이나 사고에 노출될 수 있어서 위험하거든 요. 독일은 치위생사 근무 첫날 가장 먼저 지급되는 게 보안경이 예요.

예전에 한국 치과에서 근무했을 때 화장을 하고 출근하지 않으면 실장님이나 원장님께 크게 혼이 났었는데, 독일에선 진료 중 보안 경 착용을 안 하면 혼나요. 화장을 했건 말건 미적인 요소로 보이 는 건 문제가 안 된다는 말이죠. 사실 마스크 끼고, 보안경 착용까 지 하면 화장을 할 필요가 없거든요. 한국과 독일은 서로 중요하게 느끼는 기준이 다른 거죠.

보경 씨의 동생, 반려견 쨉과 함께
한적한 에센 마을 풍경

성길 : 저는 오전 8시에 출근해서 보통 오후 4, 5시에 퇴근해요. 주 5일 근무에 1년 동안 휴가는 23~30일 정도 되고요. 한국에선 치과 주문을 받으면 기공소가 약 3일 안에 만들어서 보내야 해요. 그러니까 매일 새벽까지 일하는 거예요. 독일에선 최소 2주의 제작 기간을 줘요. 일이 없는 날은 퇴근 시간보다 일찍 집에 가도 되고요. 수습 시절 휴가 중에 축구를 하다가 손가락뼈가 부러진 적이 있어요. 회사에 설명했더니 사장은 "당연히 쉬어야 한다며 수술 잘 받고 한 달 뒤에 보자"고 웃으면서 얘기를 하더라고요. 당연히 급여가 없을 거라 생각했는데 월급이 전액 입금됐어요. 그리고 수술비가 약 5,000유로 정도 나왔는데 모두 다 보험이 돼서 환자 부담금으로 저는 겨우 30유로만 냈어요.

독일 이민을 추천하나요?

보경 : 이쪽 전공으로 온다면 이곳보다는 미국이나 캐나다로 가는 게 나아요. 무엇보다 힘든 게 언어예요. 와서 무조건 1년에서 1년 반은 독일어만 공부한다고 생각해야 해요. 한국에서 2년 공부한 건 소용없어요. 또 한국에서는 전공 내용을 모두 영어로 배우는데 이걸 다시 독일어로 바꿔서 공부해야 하거든요.

성길 : 독일에 오기 위해 5년을 준비했는데 미흡했어요. 5년 전이라면 대학 대신, 독일 와서 1년 정도 독일어 공부하고 아우스빌둥을 시작했을 거예요. 한국에서 쓴 학비, 생활비를 따지면 차라리 그게 낫죠.

독일로 이민 가고 싶은 사람에게 조언을 한다면요?

보경 : 영어로 취업할 수 있을 거라 생각하고 오는 분들이 있는데, 독일 회사에 취업하는 경우에는 그렇지 않아요. 독일어 공부는 한국보다 여기에 와서 하는 걸 더 추천하고요.

성길 : 독일로 오려면 무조건 언어를 해야 해요. 여기 와서 근 2년 동안 만난 한국사람 일곱 팀 중 한 팀을 빼고는 모두 한국으로 돌아갔어요. 취업은 안 되고, 돈은 떨어지고, 언어 장벽을 넘어서지 못하는 거예요. 정말 쉽지 않아요. 하지만 만약 정착한다면 한국에 돌아가고 싶지는 않을 거 같네요.

한국에서의 생활이 힘들다고 해서 누구나 이민을 생각하는 건 아니다. 적절한 타이밍과 이민에 대한 의지, 그리고 미래에 대한 확신이 있을 때 그 선택을 밀고 가는 것이다. 이 부부의 선택엔 항상 명확한 목표가 있었다.

부부는 사회생활을 시작할 때부터 이민을 염두에 두고 있었고, 우리가 만난 그 어떤 인터뷰이보다 꽤 오랜 기간 이민 준비를 했던 사람들이었다. 그런데도 우리에게 털어놓은 2년 동안의 스토리는 어이없는 반전이 등장하는 아침드라마처럼 끝날 듯, 말 듯 해피엔딩의 기미가 보이지 않았다.

무언가를 해낸 후배들을 보면 '기특하다'라는 생각이 종종 들지만, 이들에겐 '기특하고, 대견하다'가 아닌 '존경스럽다'는 마음이 든다. 지금은 같은 직장에서 일하며 서럽던 과거에서 벗어난 두 사람의 앞날에 꽃길만 펼쳐지길 진심으로 바란다.

마을 행사가 있던 날의 에센 풍경

London
United
Kingdom

"재미없는
일은 그만!"

대기업 직장인,
낯선 나라에서 꿈을 펼치다

영국
런던

독일에서 영국으로 넘어가기 바로 직전, 우리 일정을 미리 알기나 한 듯 런던에 사는 승현 씨에게 인터뷰 요청이 왔다. 그는 '해외취업과 이민생활이 마냥 아름답지만은 않다는 이야기를 하고 싶다'고 했다. 한때 한국의 커리어우먼을 꿈꿨던 승현 씨의 런던 일상을 소개한다.

안승현

거주지	영국 런던
직업	AOL 인터내셔널 근무
체류기간	5년

2005년	CJ 입사
2010년	퇴사 후 영국 대학원 입학(Master of Arts - Culture, Creativity & Entrepreneurship)
2011년	대학원 졸업 후 한국 귀국
2012년	런던으로 이주
2012년	AOL 입사

"대기업 입사 후 4년,
더 이상 하고 싶은 게 없어졌다"

2010년, 28세였던 승현 씨는 런던 히스로 공항에 홀로 도착했다. 이민을 결심하고 영국에 온 것은 아니었다. 1년간 석사 학위를 따고 한국에 돌아갈 생각이었다. 하지만 그는 졸업 후 취업에 도전했고 런던의 '외국인 노동자'가 됐다. 그렇게 시작한 영국 생활은 어느새 5년이 넘었다.

CJ에서 일했는데 영상 콘텐츠 쪽에 관심이 있으셨나요?

대학 4학년 때 취업준비를 하면서 좋아하는 영화와 대중문화 쪽에서 선두인 CJ에 입사하고 싶어졌어요. 그래서 CJ가 원하는 인재상에 맞게 짧은 경험이라도 만들어갔어요. 그 당시 어학연수 경험도 없고 부산영화제 자원봉사를 한 게 전부였어요. 근데 CJ 인재상을 보니 저의 경험과 역량이 적합할 것 같아서 경력을 인재상에 맞춘 거죠. 1학년 때부터 혼자 홈페이지 만들고 콘텐츠 만드는 건 좋아했어요.

CJ에서 담당했던 업무는 무엇인가요?

처음엔 IPTV 방송 마케팅을 하다가, 유료채널 서비스와 콘텐츠 기획을 하는 부서로 옮겼어요. 저희 부서는 유료채널의 VOD를 기획하고, 콘텐츠를 구입해서 거기서 나오는 이익을 관리하는 신규사업팀이었어요. 콘텐츠를 기획하고 팔기 위해 마케팅도 했죠. 그래서 트렌드를 보러 해외 출장을 종종 갔고요.

매년 프랑스 칸에서 TV 콘텐츠 마켓이 열려요. 당시에는 지금처럼 콘텐츠 제작에 투자하기보다 구매를 했죠. 근데 한국기업은 대부분 돈이 되는 할리우드 대박 영화 같이 검증된 콘텐츠를 구입해요. 인디 영화나 다큐멘터리 등 분야의 투자에 대한 고민은 있어도, 시장이 작다 보니 결국 항상 뒷전으로 밀리더라고요. 그러다 보니 일하는 게 재미없어졌어요.

그래서 퇴사를 생각하신 건가요?

제가 CJ에서 5년 정도 근무했는데 입사 2년차 때 한 번 퇴사 고비가 왔어요. 그래서 마케팅에서 기획으로 팀을 바꿨는데 2년 반 정도 더 일하니 흐름이 보이더라고요. 국내 콘텐츠 산업계에서 새로할 수 있는 기획이나 창의적인 제작은 한계가 있어요. 한국의 이용자 습관과 취향도 어느 정도 정해져 있고요. 그러다 보니 업무에한계를 느끼기도 하고, 회사생활을 한 지 4년 정도 지나니까 더 이상 하고 싶은 게 없더라고요.

그래서 해외 경력을 쌓기로 결심하고 일을 관뒀어요. 당시 크리에이티비티(Creativity), 안트러프러너십(Entrepreneurship)에 대한 붐이 있었는데, 마케팅을 하더라도 좀 더 문화, 예술과 관련된 일, 늘하던 생각의 알고리즘에서 깨어날 수 있는 무언가가 필요했어요.

직장 동료들과 사무실에서
20세기 초 영국식 스포츠 이벤트 '채프 올림피아(Chap Olympiad)'에서
동료들과 함께

"애정하던 브릿팝의 나라,
그곳에서 새롭게 시야를 넓히다"

유학을 결심하고 후보지를 물색하던 승현 씨
는 영어를 사용하고, 문화산업이 발전한 곳
위주로 학교를 찾기 시작했다. 미국과 영국
두 곳을 두고 고민한 끝에 문화를 소비하기보
다는 창조하는 부분이 더 강하다고 생각하는
영국으로 결정했다.

영국을 선택한 이유는 무엇인가요?

한국에서 홍익대 근처에 살았는데, 예술 마케팅과 관련된 강연이나 이벤트가 많았어요. 퇴근 후 이런 수업을 듣고 모임을 찾아다니면서 상업적인 콘텐츠가 아니라 예술 마케팅을 하고 싶다는 생각을 했어요. 찾아보니 미국 카네기 멜런 대학과 국내 카이스트에 있는 '컬처 테크놀로지' 전공이 있더라고요. 그때 마침 영국의 콘텐츠 산업에 대한 KBS 다큐멘터리를 봤는데 제가 하던 고민과 딱 맞았어요. 영국은 이야기 문화가 발전해 있어요. 북 클럽도 많고 스포츠, 브릿팝(Britpop)도 그렇고요.

당시 미국과 영국을 생각했는데, 미국은 엔터테인먼트 산업이 소비 중심이라면 영국은 보다 '오리지널리티'에 집중하는 환경이었어요. 예를 들면 영국에서 J.K 롤링이 해리포터를 탄생시켰고, 미국은 영화를 제작해서 상업화를 시키는 거죠. 저는 해리포터를 이용해 콘텐츠를 상업화하는 것보다, 어떻게 해리포터가 탄생했는지가 더 궁금했어요. 영국이 유럽에 있다는 것과 어린 시절 들었던 브릿팝도 영향을 미쳤고요.

대학원 졸업 후 취업을 했는데,

유학에서 이민으로 생각을 바꾸게 된 이유가 있나요?

유학 준비하던 당시 영국에서 '크리에이티브 산업'을 담당하는 부처(Minister for Culture, Communications and Creative Industries)도 만들고, 정부가 주도해서 관련 학과도 개설했어요. 그중 한 학교를 선택해서 '디지털 플랫폼에서 예술을 어떻게 활용할 수 있을까'에 대해 공부했어요. 그리고 유튜브를 활용한 논문을 쓰고 학교를 마무리했어요.

그 후에 한국에 돌아가려고 했는데, 갑자기 영국 정부가 유학생이 영국 대학을 졸업하면 2년 동안 일할 수 있는 PSW(Post-Study Work) 제도를 없애겠다고 한 거예요. 2011년 졸업하는 제가 마지막 수혜자였죠. 그래서 취업해서 비자를 받아야겠다고 결단을 내릴 수 있었던 것 같아요.

영국으로 유학 갈 때 부모님의 반응은 어떠셨나요?

서른 되기 직전인데 시집 안 가고 갑자기 유학 간다니까 처음엔 놀라셨죠. CJ에 좋은 상사가 많았어요. 퇴사할 때 임원분들과 식사를 했는데, "네가 돌아왔을 때 직장 못 가지겠냐, 결심 잘했다"고 응원도 많이 해주셨어요. 이런 부분을 부모님께 말씀드려 설득했죠. 다녀와서 무엇을 하겠다는 계획도 말씀드리고요.

어차피 학교 지원도 이미 했고 1년밖에 안 되니까 걱정하지 말라고 했어요. 완강하시기만 하셨던 아버지도 건강이 안 좋아져 마음이 약해지셨는지, 제가 한국을 떠나기로 결심한 후에는 "하고 싶은 거 해야지" 하시더라고요. 그 당시에는 금방 돌아올 거라고 생각하신 것 같아요. 저도 그렇게 생각했고요.

대학원이나 취업을 위해 영어는 어떻게 공부하셨어요?

한국에서 일할 때도 영어 이메일을 작성하고, 외국 바이어를 대상으로 업무를 하면서 영어를 사용했어요. 하지만 막상 여기 살면서 공부해보니 영어를 진짜 못한다는 걸 깨달았죠. 대학원 수업에서 토론할 땐 버벅거리기 일쑤였는데, 외국인 학생이 많아서 잘 들어주긴 했어요. 대학원 끝내고 나니 듣는 건 잘 들리더라고요. 최종 논문은 영국인의 검수를 받고 냈죠. 영어 공부는 끝이 없어요. 이제는 일하고 생활하는 데 큰 문제는 없지만, 오히려 요즘 더 영어 공부를 하고 있어요.

런던 시내 공원에서의 휴식

"그토록 바라던 기회가
이곳에 있었다"

애초에 안승현 씨는 '이민'보다는 해외에서 경력을 쌓고, 한국으로 돌아올 계획이었다. 그런데 막상 자리를 잡고 보니, 하고 싶은 분야에 대한 기회가 서울보다는 런던에 많다는 것을 알게 됐다. 그래서 일단 거주를 위한 자격을 갖추기로 했다. 비자를 얻기 위한 사투를 시작한 것이다.

런던 취업준비는 어떻게 하셨어요?

제 PSW 비자가 2012년 1월 시작이었어요. 런던의 집을 알아보고 이사하니까 4월이 됐고, 그때부터 취업준비를 시작했어요. 당시엔 해외 경력을 원했기 때문에 영국 회사, 한국 회사를 따지지는 않았지만 한국어로 말하는 자리는 원하지 않았어요.

그러다 한국 대기업의 현지 채용공고를 보고 '이건 나를 위한 자리'라고 생각하고 헤드헌터한테 연락했어요. 바로 면접도 보고, 과제도 내줘서 제출했죠. 긍정적인 답변까지 받았는데 갑자기 '사람을 좀 더 봐야겠다'고 기다리라고 하더라고요. 나중에 그 회사 다니는 친구들한테 들어보니 네이티브 한국인을 뽑는 자리가 아니라서 안 될 것 같다더군요. 마음이 아팠죠.

그 이후에는 신중하게 지원했어요. 구직 사이트에 이력서를 올렸는데 제가 외국인인지 모르고 연락이 와서 취소된 적도 있고, 몇 군데 면접도 봤는데 다 떨어졌어요. 당시 셰어하우스에서 지냈는데 좋은 친구들을 만나서 다행히 힘든 시간을 잘 견딘 것 같아요.

나중에는 싱가포르, 홍콩에도 이력서를 넣었어요. 영국보다는 해외취업 경력이 목적이었으니까요. 그러다 취업이 계속 안 돼서 7월쯤엔 한국어 사용 분야에도 지원을 해야겠다고 생각했어요. '영어 스피킹' 자리에는 유럽뿐만 아니라 영국인들과도 경쟁해야 하니 영어로 취업이 어려운 걸 인정해야 했죠.

지금 회사는 어떻게 들어오게 됐나요?

아랍어 담당자를 뽑는 자리였는데 유럽을 제외한 한국어, 일본어 등 다른 언어 사용자도 지원이 가능했어요. 한국어가 들어 있으니까 일단 지원했죠. 보통 일주일 후에 연락이 오는데 연락이 없더라고요. 그래서 홈페이지에 들어가 매니징 디렉터(Managing Director)에게 연락했어요. 그랬더니 인사 담당자한테 제 메일을 전달하더라고요. 면접만 보게 해달라고 했죠.

다행히 연락이 왔어요. 근데 사실 아랍어 가능자를 찾고 있어서 잘 모르겠다는 피드백만 주고 감감무소식이었어요. 3주 동안 기다리느라 피가 말랐는데 회사에서 면접을 진행하고 싶다고 연락이 왔어요. 일주일 만에 5번 면접을 보고 최종 합격(비디오 광고팀)을 했어요. 여기 입사 전까지 4~5개월 동안 구직을 계속했잖아요. 나름대로 기한을 6개월로 잡아놨었는데 절박함도 있었고, 자신감도 있었기 때문에 그게 운으로 닿았던 것 같아요. CJ에서 해외 비즈니스를 하면서 다방면으로 많이 배웠던 게 도움이 됐고요.

한국 회사를 다닐 때와 어떤 점이 다른가요?

엑셀과 파워포인트를 한다거나, 전략을 짜고 기획하는 기본적인 업무 형태는 같아요. 그런데 보고서가 달라요. 한국은 데이터로 보여주는 반면, 여기 기획서는 스토리텔링이 강해요. 다만 여기는 비주얼을 화려하게 해서 인사이트를 끌어내는 건 좋은데 체계가 있어 보이지는 않아요. 저는 한국에서 배운 한국식 보고서 작성

AOL 사무실과 휴게공간

친구와 참여한 페스티벌

스킬이 이곳에서 강점일 수도 있다고 생각해요.

부서 이기주의도 약간 있어요. 다른 부서와 커뮤니케이션이 굉장히 많아서 그 사람들과 잘 진행해야 하는데, 안 좋은 평판이 돌면 힘들어요. 다른 부서 사람에게 내 일을 도와주게 만드는 것도 중요하거든요.

한국에서는 다른 부서 일을 하는 경우도 있잖아요. 내 부서 일이 아니라도 우리 회사 일이라고 생각하고 그 일도 내 일처럼 하고요. 여기는 협조하지 않아도 자기 성과와는 상관없으니까 잘 안 해줘요. 어르고 달래서 해야 하는 경우도 있어요. 제가 프로젝트 캠페인 매니징을 하는데 프로젝트가 잘 끝나면 그 공을 다른 직원들한테 돌리는 작업도 해야 해요.

한국 회사보다 더 좋은 건 뭐가 있을까요?

퇴근 후 여유시간이 많아요. CJ에선 정말 바빴어요. 지금은 오전 9시에 출근해서 오후 5시 반에 퇴근해요. 여기선 일도 열심히 하지만 내 시간을 갖고 쉴 수 있죠. 이제는 한국에서처럼 내 일 다했는데 상사 때문에 남아 있는 건 절대 못할 것 같아요.

그리고 딱 봐도 보고를 위한 보고인 것도 못할 것 같고요. 그래도 저는 한국 직장생활에 나름 그리운 게 있어요. 그곳에서의 모든 시간이 다 좋았던 건 아니었지만 많이 배웠어요. 팀원 분위기도 좋았고요. 런던에서 취업준비로 불안한 가운데 나온 근거 없는 자신감은 한국회사에서 잘 배운 덕분이 아닐까 해요. 지금 회사에선 정체된 느낌이 있거든요.

"비주류지만
괜찮아"

보수적인 영국 사회는 이방인에게만큼은 신사
적인 나라가 아니었다. '외국인, 아시아인, 싱글
여성'인 승현 씨가 받아야 하는 시선과 사회적
제약은 '애정하는 도시' 런던이라 할지라도 가끔
은 상처로 다가왔다. 하지만 그녀는 여전히 마음
가득 런던을 사랑하며 새로운 기회를 찾아다니
고 있다.

런던에서 생활하는 건 어떤가요?

직장생활을 1년 정도 했을 때 한국에 갔다 히스로 공항에서 돌아오는데 '이제 드디어 집이다'라는 생각이 들더라고요. 이제 런던이 집 같아요. 친구도 있고, 고정된 일상도 있고요. '우리 동네'라는 느낌이 들어요. 근처 펍이나 야채가게 사람들이 알아보고, 커피도 공짜로 받는 단골이 되었을 때 '런더너' 같은 기분이 들어요. 종종 길거리에서 예전에 데이트했던 사람과 마주치는 일이 있기도 하고요.

런던은 물가가 비싸기로 유명한데요. 생활비 부담은 없으세요?

혼자 직장생활만으로 살기에 런던은 너무 비싼 도시예요. 그래서 라이프스타일이 바뀌었죠. 한국에 있을 땐 명품가방도 사곤 했는데, 여기서 그런 건 아예 다 잊고 살아요. 한국에선 외식이 싸고 시간도 절약됐지만, 여기서는 외식이 비싸니 직접 해먹는 일이 많죠. 그래서 요리 실력도 늘었어요. 물질적인 것에 돈을 쓰기보다 공연을 가고 경험하는 데 돈을 많이 쓰게 돼요.

교외에 싼 지역도 있지만 한국의 홍대 같은 동네에 살고 있어요. 런던 생활 초반엔 월세만 월급의 50퍼센트 가까이 써야 했어요. 그것도 혼자 사는 것도 아닌, 방 한 칸에 대한 월세로 말이죠. 이전엔 셰어하우스에서 5년 살았는데 1년마다 월세가 올랐어요. 제가 지금 35살인데 셰어하고 싶진 않죠. 저는 아직은 돈을 모으기보다 많은 경험을 하고 싶어서, 런던 교외로 나가지는 않고 거주 공간에 돈을 좀 더 쓰고 있어요. 주변의 영국 친구들도 런던에서 월세를 내면서 사는 걸 빡빡해요. 그렇지만 직업, 문화생활, 데이트 등 런던에 기회가 몰려 있어 20, 30대는 어쩔 수 없이 비싼 월세를 감당하며 런던에 사는 거죠.

시간 날 때는 주로 뭘 하시나요?
공연을 자주 보러 가요. 제가 영국을 택한 이유 중 하나가 브릿팝을 좋아해서잖아요. 작년엔 뮤직 페스티벌을 여덟 곳이나 갔어요. 여긴 페스티벌 문화가 굉장히 강하거든요. 저는 해외 페스티벌은 일본밖에 못 가봐서, 압축해서 많이 경험하느라 1년에 7~8번 페스티벌을 가는 편이에요. 그래서 사람들도 많이 만나고 아트 워크숍도 자주 가요. 비용을 많이 들이지 않으면서도 예술을 접할 수 있는 기회가 꽤 많아요.
이 모든 건 제가 싱글이라서 가능한 것 같아요. 결혼을 했다면 다를 거예요. 저는 언제든 어디든 갈 수 있는 조건이니까요. 또 회사 생활이 한국에 비해 덜 바쁘다 보니 여러 경험을 하면서 내가 뭘 좋아하는지 찾아다니며 저한테 집중할 수 있는 시간이 많아졌어요. 주말에는 친구도 만나고, 술도 마시고, 영화나 전시도 많이 보러 가고요. 다양한 이벤트를 통해 만난 새로운 사람들과 친구가 되어 주말에 시간이 날 때는 디자이너나 영화감독 친구들의 일을 도우며, 크리에이티브 인더스트리를 간접적으로 경험하기도 해요. 가장 여유로운 시간엔 친구랑 동네 공원이나 스트리트 마켓에서 햇볕을 쬐며 책을 보기도 하고요.

영국에서 인종차별을 경험한 적이 있나요?

인종차별이라고 하기 어려울 수도 있는데요. 사회 분위기나 통념 등이 한국과 다른 점에 좀 더 주의를 기울이고 조심하고 있어요. 한국에선 짧은 치마나 바지가 일반적이고, 상의 노출을 조심한다면 여기는 그 반대예요. 그래서 짧은 하의는 거의 잘 입지 않게 돼요. 시선도 너무 불편하고요. '섹시한 아시아 여자애' 같은 느낌을 안 주려고 화장도 더 자연스럽게 하고 조심하는 편이에요.

직장에서도 약간의 벽이 있어요. 사회적으로 보이지 않는 유리벽 같은 거요. 남자들과는 친구가 될 수 있는데 영국 여자들은 아시아뿐만 아니라 유럽 출신까지 일단 외국인 여자들을 경계하는 느낌이에요.

한국의 친구들도 그립고, 아시안 정서가 그리울 때도 있죠. 제 주변에 아시안이 별로 없어 비유럽인 친구들을 만나기가 어려워요. 아무리 유럽인 친구들이 있더라도, 제가 30년 가까이 가진 정서가 있잖아요. 그럴 땐 (정서적으로) 비주류라는 게 느껴지고 외로울 때도 있어요. '한국 가면 지금 힘들고 슬픈 게 단번에 해결될 것 같은데 왜 여기 있지' 하는 생각이 들기도 하죠.

입사 초반에 저희 팀 대부분이 영국 사람이고 저만 아시아 사람이었어요. 같은 광고팀 사람들끼리 회식을 간 적이 있는데, 저에게는 따로 말도 안 하고 갔더라고요. 속상해서 울었어요. 당시 제가 영어를 못한다는 생각에 열등감도 컸고요.

그래도 저는 나름대로 짧은 시간 내에 적응을 한 편인데요. 아무래도 영국 문화, 런던의 문화를 경험하는 게 제 이민의 주요 이유였기 때문에 다양한 경험을 하고, 새로운 사람들을 만나면서 빨리 현지사회에 적응을 할 수 있었던 것 같아요. 하지만 연애라든지, 문화, 언어의 장벽은 여전해요. 외국인 그것도 소수인 한국인으로 사는 건 여전히 쉽지 않아요.

　　한국으로 돌아갈 계획이 있나요?

원래는 2~3년 경력 쌓고 한국에 돌아갈 생각이었어요. 런던에서의 글로벌 미디어 경력은 한국에서는 프리미엄이 될 테지만, 여기선 한국의 CJ 경력이 큰 매력이 없거든요. 그런데 4년 차가 되는 해에 생각이 바뀌었어요. 직장인보다 안트러프러너로 런던에서 꿈을 키우기로요.

장기적으로 봤을 때 영어는 저한테 더 핸디캡이 될 거고, 시니어로 회사에서 성장하는 것도 한계가 보여요. 영어로 일만 하는 게 아니라 카리스마도 있어야 하고 말발도 되게 중요하거든요. 영어를 잘하는 문제가 아니라 영국인들 사이에서 말을 잘해야 해요.

여기서 영국인과 계속 경쟁하며 광고 일을 해야 한다면 직장생활보다는 차라리 제가 잘할 수 있고, 하고 싶은 일을 스타트업 하는 게 낫다는 생각이 들었어요. 그러기엔 한국보다는 여기가 훨씬 기회가 많고요. 물론 경쟁은 그만큼 치열하지만요. 런던 직장생활 3년 만에 제 시야가 확 바뀌어버린 거죠.

제가 평생 직장인으로 살려던 꿈이 안트러프러너로 바뀌면서, 노동력의 이동성이 보장되는 티켓(영주권)이 필요했어요. 언젠가 떠났다가 다시 돌아오고 싶을 때 마음껏 왔다 갔다 하려면 영주권이 있어야 쉬울 테니까요. 그래서 이민을 생각하게 된 거죠. 하지만 평생을 여기서 살 생각은 없어요.

계획 중인 스타트업에 대해 좀 더 설명해주실 수 있을까요?
아시아와 유럽 예술가들을 연결해주는 부티크 에이전시(Boutique Agency) 같은 걸 하고 싶어요. 상업적인 기업과 예술을 이어주는 다리 역할을 하는 거요. 영주권 받을 때까지 시간이 있어서 투자받는 것에 대해 알아보고 스타트업에 대해서도 공부하고 있어요. 영국 예술가들을 만나서 인터뷰하며 '크리에이티브 산업'에 대한 책도 준비하고 있고요.
영국은 국가 차원의 예술에 대한 지원 프로젝트가 한국보다 되게 많아요. 상업적으로 예술을 활용하는 경우도 많고요. 아티스트가 예술을 업으로 하며 살 수 있어요. 여러 나라에서 아티스트가 몰려오고 그렇게 시장이 커지니 또 사람이 몰리고요. 수요와 공급의 기본적인 사이클이 이뤄지는 거죠.

브렉시트도 있고 영국도 자국민 보호성향이 강해지지 않나요?
영국도 자국민을 뽑을 수 있는 자리는 영국 사람을 뽑아야 하는 제한이 있어요. 회사가 군이 외국인을 채용한다면 그 특별한 이유를 제출해야 하죠. 비자를 얻는 게 쉽지는 않아요. 영어가 된다고 가능한 건 아니에요. 영어가 모국어인 싱가포르 친구도 힘들어하더라고요.
그래도 기회는 더 많은 것 같아요. 한국에선 대기업으로 딱 길이

정해져 있는데, 여긴 서너 명으로 시작하는 스타트업에 들어가서 경력을 쌓고 옮길 수 있어요. 예술가는 프리랜서로 시작하는 것도 쉬워요. 프로젝트 지원하면서 경력을 만들고 그걸로 또 기회를 얻고요.

외국에서 혼자 지내는 게 외롭지는 않나요?

크게 외롭지는 않아요. 주변에 30대 싱글이 많거든요. 그런데 사회생활을 하면서 한국 사람 만날 기회가 잘 없으니, 영국인을 비롯하여 유럽인 친구들이 대부분이에요. 그래서 한국에서 친구들이랑 수다 떠는 게 그리워서 제 연애 이야기를 블로그에 쓰기도 했어요. 결혼도 하고 싶죠. 근데 제 마음대로 되는 게 아니잖아요. 연애도 많이 했으면 좋겠고요. 영국생활을 한 지 4년 차가 됐을 때 남자친구를 처음 만났어요. 저는 이상하게 영국식 유머가 있는 남자가 좋은데 그런 사람이 많지는 않더라고요. 주변에서는 한국 사람을 만나라는데 런던의 한국 사람들 중 제 나이대의 싱글남자가 없어요.(웃음)

영국 이민을 추천하세요?

장단점이 있어요. 저는 30대 중반이기 때문에 마냥 '런던 생활이 훨씬 좋고, 한국은 절대 따라갈 수 없다'라고 생각하지는 않아요. 한국이 그립기도 해서 돌아갈까 고민도 많이 했어요. 하지만 직장생활은 아주 달라요. 개인 생활과 회사 일의 균형을 맞출 수 있어요. 휴가를 통해 개인 삶의 중요성을 인식할 수 있고, 직장생활이 아닌 '내 자신' 개인에 집중할 수 있게 되더라고요.

가족, 친구 그리고 안정적인 기반도 있으니 한국에서는 어느 정도 앞날을 예측할 수 있잖아요. 한국에선 30대 중반에 들어설 때쯤이면, 대부분 안정적으로 사는 것 같아요.

하지만 저는 여기 오면서 제 인생이 바뀌었어요. 물론 이민을 간다고 다 이렇게 되지는 않을 거예요. 그래도 시도해볼 만한 가치는 있을 것 같아요. 근데 이민을 위해 하나씩 결정을 내릴 때마다 정말 무섭기도 해요. 결정을 하나씩 할수록 안정적인 삶과 점점 멀어지는 느낌이 든다고 할까요? 외국인, 소수의 한국인으로 사는 건 여전히 쉽지 않아요. 지금 회사(AOL)를 그만두려고 했을 때 '외국 학위까지 있는데 어떻게든 먹고 살겠지'라는 생각도 들었어요. 한국이라는 안전장치가 있기 때문에 가능한 것 같아요. '안 되면 한국으로 돌아간다'라는 생각을 하면 마음이 편해져요.

'이민'이 목적이 되어 나를 너무 옭아매지 않겠다는 마음가짐으로, 내가 보다 행복한 방향으로 하나씩 결정을 하는 게 중요한 것 같아요. 나를 중심으로 한 삶과 직장생활을 영국에서 얻었다면, 마찬가지로 포기해야 할 부분도 많아요. 삶에 어떤 가치를 두느냐에 따라 이민에 대한 만족감이 달라질 거라 생각해요.

흔히 이민국가라고 부르는 다른 영어권 국가에 비해 영국은 보이지 않는 벽이 꽤 존재한다. 전통 있는 나라라는 자부심과 통치자 마인드를 지닌 상당히 보수적인 나라이기 때문이다.

이민자라는 신분과 아시아계 여자이기 때문에 마주할 수밖에 없었던 유리천장이 명백하게 보임에도 불구하고 그 안에서 자신이 좋아하는 일들을 찾아온 승현 씨. 인터뷰를 하는 내내 자신의 일에 대한 열정과 런던에 대한 애정을 밝히며 행복해 하던 그녀의 표정이 생생하다. 여행을 끝내고 우리가 서울 생활에 익숙해졌을 즈음, 승현 씨는 영주권을 받았다는 소식을 전해왔다.

그녀는 계획했던 대로 이직을 했고, 자신의 프로젝트를 꾸준히 진행하고 있었다. 꿈을 향해 나아가고 있는 그녀의 다음 행보가 기대된다.

런던의 명물, 2층 버스
영국 국회의사당

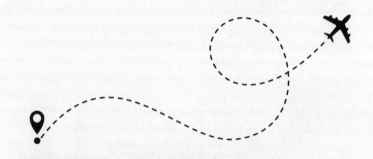

Toronto
Canada

"오후 3시 30분 퇴근?"

캐나다로 간 이민자,
안정적인 공무원이 되다

캐나다
토론토

많은 이들이 이민가고 싶어 하는 나라 캐나다. 그곳에서 공무원으로 일한
다는 이장헌 씨에게 인터뷰 요청을 받았다. 캐나다라는 나라의 시스템과
그들의 사고방식을 누구보다 잘 설명해줄 수 있는 사람이라는 생각이 들
었다. 토론토의 한 한인 카페에서 그를 만난 우리는 캐나다에 대한 이야
기를 오랫동안 들을 수 있었다.

이장헌

거주지   캐나다 토론토

직업   공사 소속 부동산 감정평가사

재직기간   13년

1999년	두산 취업
2000년	캐나다 이민 신청
2001년	영주권 취득(독립기술이민)
2004년	토론토 도착, 대학에서 감정평가 공부
2006년	MPAC 취업

"문득 '이렇게 계속 살아야 하나?' 하는 의문이 들었다"

장헌 씨가 대학생이었던 90년대 초반엔 김우중 전 대우그룹 회장의 책 〈세계는 넓고 할 일은 많다〉가 베스트셀러였다. 그도 이 책을 읽고 유럽 배낭여행을 가고, 세계를 무대로 활약하는 꿈을 꿨던 대학생 중 한 명이었다. 졸업 후 대기업에 취업했지만 좀 더 넓은 세상으로 가고 싶은 꿈은 여전했다.

두산에서 일할 때는 어땠나요?

두산이 주류 판매 회사잖아요. 그래서 그 당시에는 술을 엄청 먹었어요. 자동차 회사 직원들이 자동차 팔아주는 것처럼 술 회사 직원들은 술을 팔아줘야 해요. 시장 점유율이 중요하잖아요.

점심에도 폭탄주를 마셔서 계속 술에 취해서 살았어요. 마시면 2차, 3차 가게 되고, 취해서 새벽 3, 4시에 집에 들어갔죠. 술을 싫어하진 않았지만 강압적인 분위기에서 마시는 게 제일 힘들었어요. 그렇게 주중을 보내면 주말에 피곤해서 잠만 잤죠. 제 시간이 없더라고요. 대부분 직장 생활이 그렇다고 들었지만 막상 해보니 '이렇게 계속 살아야 하나' 하는 생각이 들었어요.

그래서 이민을 알아본 건가요?

잠깐이지만 대학생 때 영국에서 외국 생활해본 것도 있고, 한번 나가봐야겠다는 생각이 있었어요. 그리고 다른 큰 이유는 사실 로스쿨에 가고 싶었어요. 근데 술만 먹으니 로스쿨 입학시험 공부가 되겠어요? 그리고 로스쿨이 비싼데 영주권자에겐 싸다는 정보를 얻었어요. 그래서 이민 갈 수 있는 나라를 알아봤죠.

한국에서 영주권을 받아서 가신 거죠?

회사 경력(인사 부문)으로 독립기술이민을 지원했어요. 나이, 학력, 성적, 가족 여부, 직장 경력별로 점수가 있는데 저는 30세 싱글이라 무난했어요. 제일 중요한 게 영어 실력 증빙이었는데, 영어시험 대신 캐나다 대사관에서 인터뷰를 보고 그 자리에서 승인 도장을 받았어요. 영주권 신청하고 1년 만에 받은 거예요.

많은 지역 중에 토론토를 결정한 이유는 뭔가요?

보통 선택지가 토론토, 밴쿠버인데 제 성격이 많이 꼼꼼한 편이에요. 이민 준비할 때도 '리스크'를 줄이기 위해서 정보를 많이 알아봤어요. 밴쿠버가 살기엔 좋은데 취업시장은 썩 좋지 않다고 하더라고요. 날씨가 좋지만 우기에는 비도 많이 오고요.

돈이 조금 있으면 시골 가서 슈퍼마켓이나 세탁소를 할 수 있는데, 젊은 사람은 직장을 구해야 하니까 토론토로 정했죠. 정착해보니 캐나다 경제의 허브라 한국의 서울처럼 활기도 넘치더라고요. 잘 선택한 것 같아요.

토론토 시내

"신의 한 수가 된 부동산 공부"

한국에서 캐나다 로스쿨 입학을 준비하던 장헌 씨는 브리티시컬럼비아 대학(UBC)과 세네카 대학(Seneca College)의 RPA(Real Property Administration; Appraisal and Assessment) 프로그램을 알게 됐다. 부동산을 공부하면 앞으로 여러모로 도움이 될 거라고 생각한 그는 캐나다 생활을 학생으로 시작했다. 그때의 선택이 많은 걸 바꿔놓았다.

어떻게 부동산 공부를 선택하게 됐나요?

한국에서 로스쿨 입학 시험을 계속 봤는데 점수가 잘 안 나왔어요. 어차피 영어 공부도 해야 하니까 차라리 대학에 들어가서 영어 겸 부동산 공부를 하면 되겠다 싶었죠. 부동산 변호사를 생각하고 있었거든요. 로스쿨 나와도 제가 외국인인데 형법 변호사를 하긴 어려울 것 같았죠.

학교 다닌 이야기 좀 해주세요.

학교를 갔는데 수업 내용을 거의 못 알아들었어요. 한 문장 중에 두세 단어밖에 안 들렸어요. 그나마 예습하면 50퍼센트 정도 이해하고요. 스스로한테 실망하고 스트레스가 심했어요. 한국에서 영어를 조금 한다고 생각했는데 와보니 정말 많이 부족하더군요. 그래서 1학기 마치고 휴학하려고 했어요. F 받으면 학점은 안 좋고 돈은 돈대로 나가잖아요.

어떻게 극복하셨어요?

다행히 2학기를 마치니까 완전히 달라졌어요. 수업도 들리고 말도 자연스럽게 하게 됐고요. 1학기가 고비였던 것 같아요. 2학기에는 성적 장학금도 받았어요. 3학기가 되니까 이 공부가 어떤 건지 알게 됐고요. 전문직이라 캐나다 사람들도 원하는 직업이더라고요. 캐나다에도 대학 졸업하고 취직 못하는 사람이 많아요.

정확히 어떤 공부를 하는 건지 설명해주세요.

부동산 감정평가를 배우는 거예요. 감정평가는 목적에 따라 두 가지로 나뉘는데요. 저처럼 정부 소속으로 세금 부과를 위해 감정평가(Assessment)를 하는 게 있고요. 부동산 투자, 매매, 모기지(주택담보대출)를 받을 때 회사나 금융기관이 하는 감정평가(Appraisal)가 있어요. 참고로 이 프로그램은 영주권자만 할 수 있어요.

공부가 많이 어려운가요?

중간에 낙오되거나 두 번 이상 D를 받으면 다음 학기를 쉬어야 해요. 캐나다 애들도 수업을 못 따라가는 경우가 있어요. 정원이 40명이었는데 졸업은 18명밖에 못했어요. 그 중에서 MPAC(Municipal Property Assessment Corporation)로 취업한 건 5명이고요. 저 빼고는 다 캐나다인이었어요. 나머지는 기업이나 감정평가 회사로 갔어요.

처음엔 로스쿨 준비용이었는데 그게 직업이 됐네요.

한국에서 직장생활하면서 모았던 돈, 국민연금 냈던 거 다 가지고 왔어요. 시간이 지날수록 그게 통장에서 쭉쭉 빠져나갔죠. 등록금은 한 학기당 약 2,800캐나다달러(이하 달러)였고 월세는 500달러 정도였어요. 공부는 계속하고 싶은데 돈은 계속 나가기만 하니 불안해졌어요. 그래서 졸업하고 공부만 하는 게 아니라 일을 해야겠다고 생각했죠. 2006년 4월에 졸업했는데 운이 좋게 5월에 바로 MPAC에 취업했어요.

1998년 유럽 배낭여행 당시 영국 버킹엄 궁전 앞에서
MPAC 동료들과 함께

"이민자가 캐나다의 공무원으로 산다는 것"

영주권을 가지고 도착했지만, 영주권이 모든 걸 해결해주는 건 아니었다. 그리고 이민자라는 신분은 모든 경쟁에서 불리하게 작용할 수밖에 없다. 아무래도 안정적인 직업이 좋겠다고 판단한 이장헌 씨는 캐나다 공무원에 도전했다.

공무원이라고 하셨는데, 어디에 소속되어 있는 건가요?

MPAC이라고 온타리오 주정부에 소속된 감정평가공사라고 보면 돼요. 저희가 감정평가하면 그걸 기준으로 시가 재산세를 매겨요. 저는 주정부 공무원 신분이고 공무원노조 조합원이에요. 캐나다는 공무원의 처우가 좋고, 취업 경쟁률도 높아요.

많은 직업 중에 왜 공무원이 되셨어요?

안정적이라서 선택했어요. 공무원은 범죄를 저지르지 않는 이상 자르지 못하니까요. 자영업을 하려면 밑천이 어느 정도 있어야 해요. 그리고 저는 한국에서 회사 생활을 해서 사기업 생리를 알잖아요. 특히 캐나다는 실적이 안 좋으면 언제든지 해고할 수 있어요. 아무리 영어를 하더라도 저는 이민자잖아요.

급여나 복지 조건은 어떤가요?

신입으로 들어오면 연봉이 대략 4만 5000달러 정도 될 거예요. 급여도 적지 않고 연금 혜택도 좋아요. 퇴직 후 내가 은퇴하기 전 5년 급여의 평균치 60퍼센트를 죽을 때까지 매달 줘요. 65세까지였던 공무원 은퇴 제도도 3년 전에 없어졌어요. 매년 업무 평가를 받고 실적이 안 좋으면 재교육을 받지만, 노조원이기 때문에 해고는 못 해요. 여러 조건이 좋기 때문에 들어오면 다들 안 나가려고 하죠.

정말 복지가 좋네요. 어떤 일을 하는 건지 좀 더 자세히 설명해주세요.
레벨 1에선 현장에 직접 나가서 부동산을 확인하고 감정해요. 승
진해서 레벨 4, 5가 되면 현장보다 법원 관련한 일이 많고요. 집주
인이 세금이 너무 많다고 생각하면 MPAC에 이의를 제기할 수 있
어요. 그러면 저희는 세금 부과 근거를 설명해주죠. 그래도 동의가
안 되면 법원으로 가는 거예요. 딜로이트나 컬리어스 인터내셔널
같은 미국계 컨설팅 회사와 법정다툼을 하기도 해서 (그쪽에서) 스
카우트 제의도 많이 들어와요.

　캐나다에 비슷한 일을 하는 한국 사람이 또 있나요?
온타리오주에는 7명이 있어요. 제가 이 일을 시작하고 후배들을
끌어왔죠. 다른 일을 하다가 제 일을 보고 공부해서 취업을 한 사
람도 있고요. 최근엔 이민 1.5세, 2세들도 들어오기 시작했어요.
제가 한국어로 서비스를 할 수 있다 보니 한국분들도 많이 찾아오
기 시작했어요. 그 전에는 세금에 불만은 있지만 영어 때문에 제기
못한 분들도 있었거든요. 교민사회에 도움을 줄 수 있어서 나름 자
부심을 갖고 있어요.

일하면서 알게 된 한국과 다른 점은 어떤 게 있나요?

한국은 어느 정도 기간이 지나면 대리, 과장을 달잖아요. 여기는 그런 게 없어요. 저희 회사에 레벨이 5까지 있어요. 올라갈수록 업무나 책임도 달라지죠. 몇 년 지나면 레벨 2, 3이 되는 줄 알았는데 20년 지났는데 아직 레벨 2인 사람이 있어요. 알아보니 일하다가 그 위 직급 자리가 나오면 지원해서 시험과 면접을 봐서 승진하는 거예요. 아니면 은퇴할 때까지 같은 직급이에요.

처음 신입으로 들어가면 급여 욕심이 나요. 저는 지금 레벨 4인데, 레벨 3까지는 3년 정도 걸렸어요. 그런데 매니저가 되면 채용 권한이 생기지만 노조는 자동으로 탈퇴가 되죠. 2009년 세계 금융위기 때 온타리오 주정부 예산이 없어서 구조조정을 했고, 부서 통합하면서 한 매니저는 해고됐죠. 그때 더 승진하지 않고 노조에 남는 게 낫겠다고 생각했어요.

"오후 세시 반에
퇴근하는 남자"

요즘 한국사회에서도 '워라밸'(일과 생활의 균형)
바람이 일고는 있지만 막상 그 생활을 누리는
사람은 많지 않다. 한국에 계속 남았다면 이
장헌 씨의 삶도 크게 다르진 않았을 것이다.
그러나 지금 그는 일과 개인 생활의 조화를
만끽하며 지내고 있다.

어떻게 지내시는지 일과를 설명해주세요.

오전 5시 반에 일어나요. 20분 강아지 산책하고 7시에 나와요. 출근길에 맥도날드에서 아침식사거리를 사서 가면 7시 반에 일을 시작해요. 출퇴근 시간을 오전 7시 반부터 9시 사이에서 30분 단위로 정할 수 있어요. 엄마들은 9시를 선호하죠.

저는 오후 3시 반에 퇴근해요. 오전, 오후에 휴식시간이 15분씩 있고, 점심시간은 45분이고요. 근데 사실 시간은 유동적으로 사용해요. 현실적으로 커피라도 마시러 나가면 30분이에요. 근무 시간을 빡빡하게 확인하지는 않아요.

퇴근은 정시에 하시나요?

오후 3시 반 되면 칼퇴근요. 안 하면 돈으로 줘야 하거든요. 그래서 오후 시간을 다 쓸 수 있어요. 운동하거나 은행도 가고, 영화관도 가고. 그렇게 해도 오후 6, 7시예요.

캐나다 사람들은 안 그러는데 저는 집에서도 가끔 일하는 편이에요. 한국에서 직장생활을 해서 그런지 마감이 있는데 일을 못 끝내면 머릿속에 남아서 신경 쓰이거든요. 잠은 밤 10시 반, 11시에 자요. 주중엔 술도 잘 안 마셔요. 한국에선 날마다 마셨는데 여기선 이게 익숙해서 금요일이나 마시고요. 평소엔 밥 먹으면서 와인이나 한 잔 마시죠.

때때로 한국 돌아가고 싶다고 느끼는 게, 퇴근하고 재미가 없어요. 스트레스가 없다고 해도 소주 한 잔 생각날 때가 있잖아요. 한국에선 동창도 부르고 직장 후배 강제로 데려가기도 하잖아요.(웃음)

근데 캐나다 애들은 끝나면 다 집에 가요. 미안해서 얘기를 못 꺼내요. 혼자 펍에 가서 홀짝홀짝 마시면 '이게 뭐하는 짓인가' 하는 생각도 들죠.

문화 차이로 겪은 에피소드가 있을까요?
신입 시절 매니저가 퇴근할 때까지 두세 시간 더 있었어요. 제가 계속 똑같은 시간에 있으니까 매니저가 '왜 집에 안 가냐'고 물어봤어요. '네가 안 가서 기다렸다'고 하니까, 제가 집에 안 가면 수당을 줘야 한다고 집에 가라고 하더라고요. 그 이후부터 집에 바로 갔어요.

시간 날 때는 보통 뭐하면서 지내세요?
영화를 좋아해서 매주 화요일마다 영화관에 가요. 3시 반에 퇴근해서 가면 딱 시작하거든요. 또 화요일은 영화표가 반값이라 7달러예요. 그 영화관에서 한국영화도 많이 하고요.
주말엔 주로 하이킹을 가요. 브루스 트레일이라고 800킬로미터 코스가 있는데 군데군데 돌아요. 또, 드라이브를 좋아해서 근교로 사진 찍으러 가고요.

캐나다에서 살면서 제일 좋은 점은 뭐예요?
제 시간이 많다는 거요. 일이 1순위가 아니기 때문에 일에 대한 스트레스가 거의 없어요. 그리고 나이 들어도 원하면 공부할 수 있는 시스템이에요. 공부를 하면 정부가 세금 감면도 해줘서, 캐나다 직장인 중에 저녁에 수업을 듣는 사람들도 많아요. 공부 못했다고 취직을 못 하지도 않아요. 이력서에 나이, 성별, 학력도 안 적어요. 나이 때문에 떨어뜨렸다면 바로 소송 걸려요.

토론토 CN타워 전망대에서 바라본 풍경

"한국에선 안 되지만 캐나다에선 가능한 일들"

캐나다는 땅이 넓고 자원이 많아 경제적으로 풍요롭다. 여기에 서양의 민주주의 전통과 유럽의 복지, 미국의 경제 시스템이 더해져, 많은 사람들이 이민 가고 싶은 나라 중 하나로 꼽힌다. 한국과 캐나다를 모두 경험한 그에게 캐나다가 어떤 나라인지 물어봤다.

캐나다에서는 되는데, 한국에서는 안 되는 것이 있을까요?

정치권이 시민과 거리감이 없어요. 예를 들어 세금이 너무 많다고 민원을 내면 국회의원을 쉽게 만날 수 있어요. 한국에서 이런 이유로 국회 찾아가서 의원 만나는 게 쉽겠어요? 캐나다에선 이메일 한번 보내면 다음날 연락이 와서 약속을 잡아요. 민원 피드백이 바로 와요. 그걸 보고 이게 정말 민주주의라고 느꼈어요.

세금뿐만 아니라 도로 공사 때문에 장사에 지장이 있어서 민원 넣으면 바로 '언제까지 한다'고 설명이 와요. 민주주의 역사가 100년이 넘게 쌓이니까, 시민들이 쉽게 얘기하고 정부도 피드백을 바로 하는 거죠.

회사에서 느끼는 다른 점은 뭐가 있을까요?

한국과 직장 문화가 다른 건, 일이 1순위가 아니라는 점이에요. 안전과 가족이 최우선 순위예요. 일은 그 다음이고요. 가족이 아프다고 하면 매니저가 일은 다 멈추고 집에 가라고 해요. 한국은 일이 가족보다 우선이잖아요. 마인드가 달라요. 일은 못하면 나중에 하면 된다고 생각해요.

'아빠의 전쟁'이라는 한국 다큐멘터리를 봤는데, 아빠가 하루에 일하는 시간이 9시간 이상인데 아이와 보내는 시간은 6분이래요. 커피 마시러 가도 10분은 걸리는데, 커피 마시는 시간보다 적은 시간을 아이와 보낸다? 동료들에게 얘기했더니 '그렇게 사는 나라가 있냐'면서 아무도 안 믿어요.

캐나다에선 상상도 못 하거든요. 일하는 시간은 하루 8시간으로 고정되어 있고 그 나머지는 다 가족과 보내요. 24시간 중에 8시간 만 나와서 생활하고 나머지는 가족과 함께 하는 거죠. 휴가도 보장되어 있고요.

한국에선 안 되는데 캐나다에선 가능한 이유가 뭘까요?

제 생각엔 마인드 자체가 바뀌어야 할 것 같아요. 캐나다에선 일을 하는 궁극적인 목적이 '가족과 행복하게 살기 위해서'예요. 또, 유럽처럼 복지 제도가 잘 정착되어 있어서 직업이 없을 때도 두려움이 없어요. 재취업할 때까지 최소한 생활을 유지할 수 있는 실업급여가 나오니까 일보다는 내 건강이나 가족에 좀 더 초점을 맞추고 사는 것 같아요.

한국은 6.25 한국전쟁으로 무너진 나라를 다시 세우기 위해 우리 부모 세대가 밤낮을 가리지 않고 열심히 일했죠. 그 시대에는 '국가가 없으면 나도, 가정도 없다'는 생각에 일에만 시간을 투자한 거예요. 그리고 군대 문화가 직장 문화에 고스란히 흡수되면서 일하는 사람이나 가족 구성원들조차도 무덤덤하게 받아들이고 생활했던거죠.

하지만 시간이 흐르고 나라가 개방되면서 사회가 점점 바뀌어가는 것 같아요. 이제는 일도 중요하지만 나와 가족의 소중함을 알고, 일과 삶의 균형을 맞추려는 사람들이 많아지는 거죠.

복지가 좋은 만큼 세금을 많이 내는 거죠?

제가 작년에 8만 8000달러로 세금 신고를 했어요. 물론 누진세 적용이긴 하지만 과세 표준이 높아 세금을 38퍼센트 정도 내요. 거기에 노조비, 연금을 빼면 실질적으로 받는 건 소득의 약 60퍼센트라고 보면 돼요.

캐나다는 세금을 많이 떼서 없는 사람에게 골고루 나눠주는 정책을 오랫동안 유지하고 있어요. 경제가 안정돼서 세금을 많이 내도 물가가 요동치지는 않아요.

연금 같은 복지는 잘 되어 있죠?

연금 급여액이 많지는 않고 생활할 정도는 나온다고 해요. 기초연금(OAS)도 나오고요. 자원이 많은 나라니까 망할 일이 없죠. 한국처럼 연금 기금고갈을 걱정할 일도 없고요.

그리고 캐나다는 건강보험이 있어서 의료비가 전혀 안 들어요. 약값만 내요. 한국 사람들이 캐나다 이민을 선택하는 이유 중의 하나가 무상의료예요. 대신 병원에서 오래 기다려야 하는 게 단점이에요. 그래서 미국에 있는 병원으로 가는 사람도 있어요.

"다양성을 존중하는 사회 덕분에 이 자리에 있을 수 있었다"

토론토엔 수많은 나라에서 온 이민자들이 함께 살고 있다. 시내에서는 한국어, 중국어, 스페인어 등 영어보다 다른 나라의 언어를 더 쉽게 들을 수 있다. 캐나다는 그 자체의 고유한 색은 약하지만 다채로운 빛은 강력한 나라이다. 이곳의 진짜 매력은 바로 '다문화, 다양성'이다.

'다양한 출신의 사람들이 서로 존중하고 배려하며 산다'고 하셨어요.

처음 토론토에 왔을 때 지하철 타고 깜짝 놀랐어요. 책에서 다민족 국가라고 했지만 예상한 것보다 너무 많아서요. 이렇게 다양한 사람들이 섞여 있을지는 몰랐어요. 토론토 다운타운 가면 백인 국가에 산다는 느낌을 못 받아요.

영어가 아닌 한국말, 중국말로 얘기한다고 시비 걸거나 낮게 보지도 않아요. 한국은 동남아 사람을 조금 낮춰 보는 경우도 있지만, 저는 아프리카, 동남아 사람과도 일해요. 처음엔 교육 수준이 낮을 것이라는 선입견이 있더라도 여기서 살다 보면 바뀌어요. 13년 생활하니까 그런 게 자연스럽게 되어요.

　　미국은 도널드 트럼프 대통령이 당선될 정도로 미국중심주의가

　　강한데 캐나다는 시리아 난민도 많이 받잖아요.

　　둘 다 이민자 국가이고 바로 옆 나라인데 왜 이렇게 다를까요?

정책이 달라서 그렇다고 해요. 미국은 미국화가 되지 않으면 영주권을 주지 않아요. 군대에 갔다 오면 시민권을 주잖아요. 캐나다는 이민자에게 정체성 유지를 보장했기 때문에 그 민족성은 그대로 남아 있어요. 스포츠 응원을 보면 쉽게 구별이 돼요. 미국에선 미국팀 응원이 엄청난데, 캐나다에선 자기 출신 나라의 팀을 응원해요. 캐나다라는 정체성을 강조하지는 않아요.

캐나다도 이민이 점점 어려워지고 있지요?

예전보다는 상당히 어려워졌어요. 이민 정책도 자주 바뀌고요. 그래서 이민을 생각한다면 전문 기술을 공부하는 게 나을 수 있어요. 경험상 정착을 가장 빠르게 할 수 있는 건 현지에서 공부를 다시 하는 거예요. 4년제를 꼭 다닐 필요는 없어요. 캐나다 대학(2년제 College)은 직업을 위해 다니는 곳이라 대부분 취업이 돼요. 4년제 대학을 나온 애들도 취업을 못해서 다시 2년제 대학에 들어가는 경우가 많아요.

아는 후배는 스시가게를 하려고 취업했는데 일이 많이 힘들었어요. 그래서 공부를 다시 시작했고 지금은 졸업해서 괜찮은 직장에 취업했어요. 그 순간은 긴 것 같지만, 당장 돈을 버는 것보다 공부를 다시 하는 게 장기적으로 나을 수 있어요.

그렇다고 캐나다 일자리가 넉넉한 건 아니에요. 실업률이 높은 건 아니지만 여기도 취업 못하는 사람들이 많아요. 그리고 한국과 다르게 정규직이라는 개념이 적어요. 투잡(Two Job), 쓰리잡(Three Job)이 일상화되어 있어요. 시급제니까 두 가지 일을 해서 생활비를 버는 게 보편적이에요.

한국 사람이 많이 하는 직업은 어떤 게 있어요?

편의점, 식당, 세탁소가 많아요. 영어나 자본이 크게 필요 없어도 할 수 있는 업종이죠. 그리고 제일 많이 하는 게 부동산 중개인이에요. 자격증이 쉬워서 많은데, 그러다 보니 수입이 안 되는 사람도 많아요. 모기지 중개인도 자격증이 좀 쉬워져서 많이 하고요.

토론토에서 가장 오래된 한인타운인 블루어 스트리트(Bloor St.)

한국에서 이민을 고민하는 분에게 하고 싶은 얘기가 있나요?

한국은 요즘 많이 시끄럽잖아요. '헬조선'이다. 취업도 어렵다. 근데 마냥 외국 생활이 좋아 보이고 잔디밭 있는 2층 집만 동경하고 나오면 장담하건대 정착에 실패해요. 지금도 한국이 어렵다는 이유만으로 무작정 이민 오려는 분이 많은데, 그분들은 영주권 따기도 어렵고 따더라도 한국보다 넉넉하게 생활하는 분이 많지 않아요.

여기 오면 한국에서 쌓은 모든 걸 다 버리고 주류사회와 경쟁해야 해요. 모든 면에서 한국보다 불리해요. 나이가 어리면 다시 도전할 수 있는데, 그렇지 않으면 한국에 돌아가기도 힘들어져요.

근데 나오면 한국이 정말 좁다는 걸 알게 돼요. 그래서 좀 더 넓은 시각과 마인드로 살아보겠다는 사람은 나와서 도전하는 것도 괜찮아요.

이장헌 씨에게 한국은 어떤 나라였나요?

바쁘고 술도 많이 마시는 나라?(웃음) 내 가족, 친구들이 살고 있는 따뜻한 나라라는 생각은 들어요. 근데 내가 평생 살기에는 내 개인적인 삶을 너무 희생할 것 같은 나라예요.

외국에 나오면 정말 더 애국자가 돼요. 지나가다 태극기만 봐도 마음속에서 뿌듯함이 끓어오르는 걸 느껴요. 더구나 한국이 못 사는 나라가 아니잖아요. 캐나다 사람들도 한국이 잘 살고, 열심히 일하는 걸 알거든요. 그런 걸 이 나라 사람들한테 들으면 자랑스럽죠.

캐나다로 이민을 추천하시나요?

개인적으로는 추천해요. 가끔은 세금이 너무 세서 '미국으로 갈 걸 그랬나' 하는 생각도 들어요. 뉴욕주 버펄로에 가서 물건을 사면 세금이 5퍼센트라 훨씬 싸거든요.

그런데 치안이나 아이를 키우는 부분 등 여러 가지를 보면 캐나다가 훨씬 더 안정적이죠. 인종도 다양하고 의견도 잘 수렴하고요.

캐나다는 미국의 자본주의 시스템과 유럽의 복지 시스템이 공존하는 곳이에요. 또, 중립적이라 어느 나라도 캐나다를 싫어하지 않아요. 전쟁에도 참여하지 않고요. 이민을 할 거라면, 다른 어떤 나라보다도 캐나다로 오는 걸 추천해요. 아마 후회하지는 않을 거예요.

'금발의 서양인'이 많을 거라고 생각되는 캐나다지만, 우리가 접한 토론토는 전 세계 각국의 사람들을 모두 조금씩 옮겨 놓은 진정한 다민족 국가였다. 하지만 아무리 다문화를 존중하는 나라라도 장벽이 전혀 없는 건 아니다.

이런 면에서 이민자이기 때문에 공무원을 선택했다는 장헌 씨의 결정은 너무나 현명한 판단이었던 것 같다. 영주권이 있었기에 가능한 선택이었지만, 영주권이 있다고 다른 나라에서 공무원을 할 생각을 몇이나 할 수 있을까? 반대로 외국인에게 공무원의 자격을 주는 나라가 몇이나 있을까?

"진정한 민주주의 국가에 살고 있어서 좋습니다"라는 장헌 씨의 말이 참 인상적이었다. 그리고 그 말은 우리가 살고 있는 이곳이 부디 지금보다 더 좋아졌으면 하는 바람을 갖게 했다.

토론토 시내
나이아가라 폭포

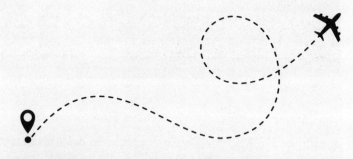

Virginia
United
States

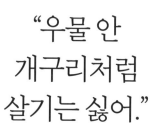

"우물 안 개구리처럼 살기는 싫어."

28살, 나중에 후회할 바에 지금 부딪쳐보기로 결심하다

미국
버지니아

미국에서 첫 인터뷰 목적지는 수도인 '워싱턴 D.C'였다. 한국이 발전하면서 예전처럼 경제적 이유를 위해 미국을 찾는 이들은 확실히 줄어들고 있다. 그렇지만 교육이나 다른 삶을 꿈꾸는 이들에게는 여전히 '아메리칸 드림'이 존재한다. 지혜 씨가 그런 경우다.

임지혜

거주지	미국 버지니아 페어팩스
직업	자산관리회사 근무
체류기간	10년

"스트레스로 얼룩진 지난날, 지금이 아니면 안 될 것 같아서"

대학에서 관광학을 전공한 지혜 씨는 졸업 후 한 여행사에 입사했다. 처음에는 여행과 관련된 일이라 관심이 갔고, 스트레스도 있었지만 일이 안 맞는 것은 아니었다. 그러나 거의 매일 이어지는 야근, 그리고 강요된 회식과 술을 강권하는 회사 문화는 지혜 씨의 몸과 마음을 조금씩 지치게 했다. 28살의 지혜 씨는 지금이 아니면 안 될 것 같아 한국을 떠나보기로 마음먹었다.

여행사에서 일하는 건 어땠어요?

여행사는 항상 바쁘지만 여름 성수기에는 더 바빠요. 야근이 많아서 밤 10시에 끝날 때가 많았어요. 어느 때는 너무 힘들어서 울면서 퇴근한 적도 있었어요. 저희 회사는 직접 비행기를 사서 좌석을 채워야 하는 시스템이었어요. 숙박만 해도 현지 호텔이 한두 개가 아닌데, 항공권까지 채워야 하면 그 스트레스가 엄청나요. 그 와중에 중국 가는 손님들은 비자가 안 나오기도 하고요. 여행사 다닐 때는 위경련을 달고 살았어요.

계속 위경련이 있어서 병원에 갔더니 간수치가 엄청 높게 나온 거예요. 의사가 도대체 뭘 하는데 이렇게 올라갔냐면서 "술 마셔요? 담배 피워요?" 이러는데 그땐 그게 위험한 건지 진짜 몰랐어요. 의사가 마지막에 "회사 그만두실 거죠?"라고 하더라고요. 몇 년 후에 누가 간 때문에 얼굴이 노래진 걸 봤는데, '아 내가 저렇게 될 수 있던 거구나' 했죠.

퇴사를 하게 된 계기가 있었나요?

일도 일이지만 회식 스트레스가 많았어요. 원래 술을 잘 못하는 체질인데 회식 때 간혹 술 마시는 걸 강요하는 상사들이 있었어요. 그러다 하루는 상사가 "술을 안 마실 거면 퇴사해!"라고 하기에, 그 다음날 사표를 냈어요. 그분도 나중에 술에 취해서 한 말이라고 사과를 하긴 했어요. 물론 퇴사를 하기로 한 이유가 그 한 가지 때문만은 아니었지만, 큰 이유 중 하나였던 것 같아요. 회사를 퇴사한 후 다행히 인맥을 통해 곧 다른 여행사에 들어갈 수는 있었어요.

지금도 이해가 안 되는 것 중에 하나가 회식문화예요. 매일 늦게까지 야근하는데, 회식자리에서까지 스트레스를 받고 싶지는 않았거든요. 회식도 회사 일의 연장이라고 얘기들 하지만, 그것도 어느 정도인 듯해요. 일을 배우면서 받는 스트레스는 감수할 수 있지만, 그 외의 것에서만큼은 조금 더 자유로웠으면 하는 바람이었어요.

　퇴사 이전에도 이민에 대해 고민한 적이 있으셨나요?
대학 때 해외여행을 시작으로, 여행사에서 직장생활을 하다 보니 자연스럽게 해외여행을 가며 다른 문화를 체험할 기회가 많았어요. 해외로 나가는 횟수가 많아질수록 문득문득 한국에서 사는 게 답답하다고 느껴지더라고요. 그 안에 갇혀서 살고 있는 느낌이랄까. 조금 더 멀리 보고, 크게 보고 싶다는 생각이 들었어요. 그리고 외가(할아버지, 할머니, 이모 등)가 미국, 캐나다 등 외국에서 사셔서 어릴 때부터 다른 나라에서 사는 게 친숙하긴 했어요. 그러다 2003년에 이직하기 전, 캐나다에서 4개월 정도 여행을 하면서 처음으로 외국에서 살아보는 것에 대해 진지하게 생각하게 됐어요.

엘비스 프레슬리 생가와 스튜디오 방문

"28살에 결심한 미국행,
어느덧 10년의 세월이 지나다"

2006년 여행사를 퇴사하고 4개월 후 바로 미국으로 떠났다. 별다른 준비는 하지 않았다. 가벼운 결심은 아니었지만 반드시 정착하겠다는 각오도 아니었다. 이민보다는 일단 여행이었다. 믿을 수 있는 친척이 살고 있는 것도 안심이 됐다. 그렇게 시작된 미국 생활은 어느덧 10년이 흘렀다.

미국으로 갈 생각은 어떻게 하신 거예요?

캐나다 여행 후 한국으로 돌아와 일하면서 이주에 대한 마음을 항상 갖고 있었는데, 어느 날 문득 내가 지금 안 가면 10년 후에 늦은 걸 후회하며 살 것 같은 마음이 생기더라고요. 그렇게 결심하고 나서, 퇴사하고 미국에 친척 결혼식 참석 겸 여행을 하려고 왔어요. 28세라는 나이가 어리지 않았기에 안정된 직장을 그만두고 새로운 시도를 하는 것에 두려움도 있었지만, 10년 후를 생각하니 늦은 나이가 아니더라고요. 그래서 한 살이라도 어릴 때 경험하고 아니면 돌아오자고 결심했어요. 그리고 사실 그 당시만 해도 이렇게 계속 살게 될 거라고는 상상도 못했죠.

여행을 오셨다가 자리를 잡으신 거죠?

미국에 와서 처음 4~5개월은 여행도 많이 하고 열심히 놀았어요. 그러다 더 있고 싶다는 생각을 하다 보니, 체류 신분을 변경해야 되겠더라고요. 그래서 여행 비자에서 학생 비자로 변경하고 학교에 등록하게 됐죠. 무엇보다 저는 한국에 돌아갈 여지가 있었기 때문에, 한국으로 돌아갔을 때 미국에 있었다는 사실을 증명하는 제일 좋은 방법이 학위를 받는 것이었어요. 그래서 학교를 등록했고, 그때부터 학생신분으로 체류하기 시작했죠.

미국은 학비가 꽤 비싸죠?

전 메릴랜드주에 있는 2년제 커뮤니티 칼리지(호텔 경영 전공)를 다녔는데, 학비는 학교 소속 카운티 거주자, 주 거주자, 그리고 타주 거주자와 유학생 이렇게 세 가지 등급이 있어요. 그런데 제가 다닌 학교는 소속 카운티 거주자가 스폰서가 되면 소속 카운티 거주자만큼 학비가 저렴했어요. 다행히 친척이 스폰서가 되어줬죠. 주마다 학교마다 다르지만 메릴랜드 주립대일 경우 유학생들은 학비가 약 1만 2천불 정도, 커뮤니티 칼리지는 6천불 정도예요. 저는 2천불 정도였는데 지금은 이 혜택을 받는 게 많이 까다로워졌다고 하더라고요.

어떤 이유로 정착을 결심했나요?

학교를 다니면서 한두 살 나이를 먹다보니 '내가 다시 한국에서 새로운 분야의 일을 시작할 수 있을까?'라는 두려움이 커졌어요. 한국으로 돌아가기 무서웠던 큰 이유는 나이였어요. 여기서 재무를 전공해서 한국으로 돌아가더라도 경력 없이 늦은 나이에 신입으로 들어가는 게 쉽지 않을 거라고 생각됐었거든요. 물론 미국에서도 졸업장을 받은 후엔 '어떻게 해야 하지? 취업이 될까?'라는 고민과 걱정을 계속했죠. 그래도 미국은 아직까지는 나이 때문에 기회가 박탈되는 경우는 없으니까, 조금 더 기회가 있을 것 같았어요. 실제로 취업에 성공하기도 했고요. 저에겐 너무 감사한 일이죠.

지금 다니는 자산관리회사는 어떻게 들어가게 됐어요?

처음 왔을 땐 제 돈을 쓰다가 다 쓰고 나서 부모님 돈을 받으니 너무 부담스러웠어요. 학교 등록금은 부모님께 받았지만 생활비는 제가 벌려고 했죠. 그래서 세탁소 일도 하다가, 교회에서 만난 언니한테 한인타운에 있는 한인 여행사에 이력서만 넣게 해달라고 부탁했죠. 다행히 한국에서 여행사 경력이 있어서 그랬는지 큰 문제없이 일하게 됐어요.

여행사에서 세금 신고를 CPA(회계사)에 맡기잖아요. 바로 옆 건물이라 저희 담당 언니가 매일 우리 사무실에 왔어요. 그러면서 지금 회사에서 한국말 하는 직원을 구한다고 "한번 해볼래?" 하더라고요. 영어 인터뷰가 처음이라서 걱정되는 마음이 컸던지라, 인터뷰 가서 '잘 알아듣고 이상한 대답만 하지 말자'고 기도하고 들어갔어요.

다행히 매니저가 인터뷰 후에 맘에 들었는지 바로 파트타임으로 일하면 좋겠다고 해서 일하기 시작했어요. 일주일에 15~20시간씩 파트타임으로 일하다가 2014년부터는 풀타임으로 일하고 있어요.

지혜 씨가 다니는 회사와 업무에 대해 좀 더 설명해주시겠어요?
한국계 미국인 사장님이 운영하는 프랜차이즈 개인 자산관리회사에요. 제가 하는 일은 어드바이저(자산관리사)들이 고객들과 미팅할 수 있게 준비해주고, 미팅 후에 서류 등 전반적으로 필요한 모든 일들에 대해 지원하는 업무를 하고 있어요.

영주권 스폰서를 구하는 게 매우 어렵다고 알고 있는데요?
친한 동생이 다니던 회사에서 취업비자(H1B) 스폰서를 받기로 했었어요. 그런데 이민국의 신청서 추첨에서 떨어져서 서류심사도 못 받았어요. 사장님이 이 얘기를 듣고는 "그 친구 왜 안 됐니? 그럼 너는?" 하셔서 "저는 안 되면 (한국으로) 돌아가야죠"라고 말했죠. "그럼 너 빨리 해야겠다. 내가 해줄게" 그러시더라고요. 그 얘기를 듣고 너무 감사했어요. 지금 생각해도 울컥했던 순간이에요. 회사에 13명이 있는데 사장님 포함해서 한국인이 4명이에요. "내가 미국 시민권자지만 태생이 한국 사람인데 한국 사람이 잘 되는게 좋지, 미국 사람 잘 되는 게 좋겠니?" 하시더라고요. 사장님이 저희 3명을 정말 동생처럼 잘 챙겨주세요.

그 후에 사장님이 변호사를 만났고, 변호사가 '영주권을 먼저 신청하고 그 다음에 취업비자를 신청하자'고 제안해서 대학 전공도 호텔경영에서 재무로 바꿨고요. 영주권 신청을 하려면 회사 자체가 재무 건전성을 증명해야 하는데 다행히 회사가 재무적으로 튼실해서 진행하는 데는 아무 문제가 없었어요. 저는 올 초에 영주권을 신청했고, 1년 반에서 2년 정도의 기간이 걸린다고 해요.

미국 회사가 영주권 스폰서를 해주는 경우도 많이 있나요?

보통은 영주권 스폰서를 안 하려고 해요. 아니면 1차적으로 검증이 된(다른 회사에서 이미 스폰서를 받았던 적이 있는) 사람들에 한해서는 해주는 경우도 있고요. 어떤 회사는 스폰서 비용을 요구하는 경우도 있어요. 보통 비용이 1만 2,000달러에서 1만 5,000달러 정도드는데, 저는 회사에서 모든 비용을 지불하는 조건으로 스폰서를받았어요. 주변에 이런 경우가 흔하지 않다 보니, 부러움도 많이샀어요. 저한테는 너무나 큰 행운이었죠.

할로윈데이에 학교 친구들과
동료들과 함께

"기회를 찾으며 묵묵히 지내온 시간들"

지난 10년 동안 지혜 씨는 열심히 살아왔다. 일하고 공부하면서 학위를 땄고, 스스로 기회를 찾아내어 취업을 했다. 이 모든 과정을 거치고 나자 이제 아무것도 하지 않아도 되는 '나만의 저녁 시간'을 선물로 얻게 됐다.

왜 10년 동안 한국엔 한 번도 안 가셨어요?

가족이 그립지, 한국이 그리운 건 아니에요. 외가도 여기 있으니 부모님이 가끔 여기에 오셔서 만나고요. 비자 때문에 일부러 안 간 것도 있어요. 혹시나 잘못되서 미국에 못 들어오면 어쩌나 하는 걱정이 있었거든요.

한국도 아닌 미국에서 학교생활과 일을 병행하기가
힘들었을 것 같은데요?

언어의 장벽은 너무나 큰 도전이었고, 사실 지금도 마찬가지예요. 학교 수업도 100퍼센트 이해한다기보다는 수업 후, 과제하면서 이해하고 따라가요. 미국 교수들은 대부분 내가 얼마만큼 준비했는지를 보고 '준비는 열심히 했는데 영어가 부족해서 그런 거야'라고 생각해줘요. 물론 정말 열심히 해야죠.

편입한 후부터는 아침 일찍 출근했다가 오후 네다섯 시쯤 퇴근해 학교를 다니고, 주말엔 과제하느라 일주일 동안 쉴 시간이 없었어요. 그렇게 바쁘게 살다가 졸업한 지 이제 1년 반 정도 됐죠. 처음 반년은 퇴근하고 "아, 나 뭐해야 하지? 뭐라도 해야 할 것 같은데" 하는 생각에 시간이 남는 게 불안했어요. 이제는 자산관리 자격증 준비하려고요. 되게 부담스러운데 하고는 싶어요.

퇴근하고 시간이 남을 때 뭐 하면서 지내셨어요?

아무것도 안 하고 집에서 지냈어요. 학교 다닐 때는 밤 10시 반에나 집에 왔는데, 퇴근 후 날이 밝을 때 집에 오니 너무 좋더라고요. 아무것도 안 하고 한국 방송 보는 것도 되게 재밌어요. 하지만 주중에는 TV 안 보고 운동하려고 노력 중이에요. 아파트에 '짐(Gym)'이 있어서 일주일에 서너 번 가요. 최근에는 매주 산으로 하이킹하러 갔어요.

10년 미국생활을 해보니 무엇이 달라졌나요?

나만의 시간, 공간에 대한 '바운더리(경계선)'가 더 강해졌어요. 친구 만나는 것도 좋지만 그 후에 나만의 시간이 있어야 해요. 토요일에 친구를 만나면 일요일 오후엔 충전의 시간이 필요하고요. 친구들을 초대하기도 하지만 아무 때나 찾아오는 건 불편해요. 보스턴에 있는 친구를 1년에 4~5번 보는데 나쁘지 않은 것 같아요. 한국에서도 친구를 매일 보지는 못하잖아요. 가족이 같이 없는 게 외롭긴 해요.

어떤 게 미국의 장점이죠?

여유 있는 삶이요. 한국에선 저만의 저녁 시간이 없었어요. 물론이건 저에게만 해당되는 경험이에요. 저에게 한국은 기본적으로 아침 출근 시간은 있어도 퇴근 시간은 없는 나라였어요. 그렇지않은 분도 계실 테지만, 저한테는 그런 이미지가 남아 있어요. 제일이 다 끝나서 퇴근하려는데 상사가 "다른 사람 일하는 거 안 보여?"라고 말하면서 일이 없어도 남아 있으라고 하더라고요.

지금 회사에선 사장님이 "우리 회사 오버타임(초과근무) 없는 거 알지? 어서 가"라고 말해요. 눈치 안 보고 퇴근하는 게 너무 좋아요. '해피아워'라고 회식도 있지만 한국처럼 새벽 한두 시에 끝나지 않죠. 사장님이 저 술 못 마시는 거 알기 때문에 강요도 안 해요. 휴가도 제가 쓰고 싶을 때 쓸 수 있고요.

미국도 바쁘면 남아서 일해요. 일 많은 사람은 새벽까지 일한다고 하더라고요. 하지만 오너 마인드가 8시 출근, 5시 퇴근이에요. 저녁과 주말은 가족과 함께 하는 거죠. 이게 미국에선 인간이 기본적으로 누려야 할 권리인데 한국은 '바쁘면 일할 수 있지. 그걸 못해?' 이런 경우가 많잖아요. 마인드 차이인 것 같아요.

무엇보다 나이 때문에 생기는 결격사유가 없어서 좋아요. 30세가 넘은 저를 신입으로 받아주는 한국 회사는 아마 거의 없을 거예요. 미국에서의 지난 10년이 저에게는 어느 때보다 어렵고 서럽고 힘든 시간이었어요. 하지만 오늘의 저는 그 힘든 시간을 보상받는 기분이 들기도 하고 또 '이렇게 편해도 되나'라는 기분이 들만큼 굉장히 안정적으로 살고 있어요.

　　이민을 생각한다면 어떤 준비가 가장 필요할까요?

사람마다 기준이 다르겠지만, 저는 현지에서 공부하는 것이 중요하다고 생각해요. 학교에서 영어만 배우는 게 아니라 선생님 또는 같은 반 학생들을 통해서 현지 문화를 경험하기 가장 좋은 곳이라고 생각하거든요.

첫 여행사를 퇴사하고 친척 오빠가 사는 캐나다 토론토에서 간 적이 있어요. 거기서 초등학교에 다니는 자녀를 둔 두 한인 가정을 만났어요. A 가정은 여유가 조금 있어서 남편이 파트타임을 하며 학교를 다녔고, 결국 학위를 받았어요. 그런데 B 가정은 먹고 사는 것 때문에 캐나다에 오자마자 바로 일을 시작했어요.

5년 정도 시간이 흐른 뒤 보니, A 가정의 남편은 사무직으로 취업했고 B 가정의 남편은 안정적인 직업을 찾지 못해 미국으로 또다시 이민을 생각하고 있었어요. 일반화하긴 어렵지만 저에겐 현지 학위가 얼마나 중요한지 생각하게 된 계기였어요.

실제 제가 학위를 가지고 구직해보니 취업이 쉬운 건 아니었지만 분명 용이했어요. '여기서 학교 안 다녔으면 이런 기회가 있었을까? 이런 기회가 왔을 때 학위가 없었다면 취업이 가능했을까?' 싶죠. 저는 정말 운이 좋았다고 생각해요. 대학에 가면 40대 학생도 많아요. 미국인인데도 학위 때문에 진급이 안 되는 거예요. 미국에선 취업하는 데 인맥도 되게 중요한데, 학교에 가야 인맥을 만들 수 있어요. 복지가 좋은 회사는 등록금도 지원해주고요.

이민을 고려 중인 분들께 하고 싶은 조언이 있다면요?

이방인으로서 뭐든지 스스로 부딪칠 각오를 해야 해요. 주변에 도움을 요청해도 한두 번이지 계속 부탁할 수는 없어요. 운전면허 따는 것부터 새로 시작해야 해요. 그런 것도 서류가 너무 복잡해요. 미국 공무원들 정말 느려서 뭐만 하면 '이거 안 돼'라고 해요. 저는 서류 접수하러 두세 번 갔어요. 한 번에 끝나는 게 없어요. 마지막엔 직원이 서류를 대충 보고 안 된다고 하는 걸 부족한 영어로 설명하고 때로는 따지기도 하면서 접수했었어요.

영어가 잘 안 통해도 '아 몰라. 일단 부딪쳐보자' 하고 가야 해요. 그리고 여러 번 확인하는 거죠. "다시 설명해줄래? 다시 설명해줄래?", "이 말이 맞아? 내가 이해한 게 이거 맞아?" 미국인들은 상대방이 여러 번 물어보는 거에 대해서는 한국 사람들보다 인내심이 있는 것 같아요. 계속 질문해도 친절하든 그렇지 않든 대답은 잘해주거든요.

물론 정착 계획도 잘 세우고 와야 해요. 계획을 잘 짜더라도 현실과 많은 차이가 있겠지만 말이죠. 비단 이민이 아닌 유학을 결정하는 부분에서도 마찬가지인 거 같아요. 어떤 공부를 할지, 어디 학교를 갈지, 얼마 만에 학교를 마칠지 등 구체적인 계획을 가지고 있어야 그나마 시간차를 줄일 수 있어요.

사람이 태어날 때 정하지 못하는 건 부모뿐만이 아니다. 자신이 태어난 나라, 그 나라가 가진 문화 또한 내가 정할 수 없는 것 중 하나다. 다행히 사람들과 어울리는 걸 좋아하는 우리는 술문화가 주를 이루는 한국 사회에서 '고비'는 있었을지언정, '고됨'은 없이 20, 30대를 보냈다.

무의미한 야근과 건강을 해치는 회식이 일상이었던 지혜 씨는 여러 시행착오 끝에 비로소 한국이 아닌 다른 곳에서 삶의 안정을 찾았다. 10년 간 그가 겪어온 지난날은 자신의 행복을 찾기 위한 과정이었을 것이다.

이제 '젊어서 고생은 사서도 한다' 류의 말은 그 누구에게도 위안이 되지 못한다. 고생을 하더라도 그 안에서 내 행복을 우선으로 해야 하지 않을까? 지혜 씨가 한국을 떠난 이유가 그랬던 것처럼 말이다.

미국 국회의사당
백악관

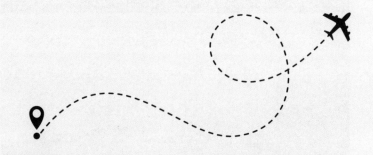

Toronto
Canada

"빵이 좋아서,
이곳이 좋아서."

마음이 이끄는 대로,
하고 싶은 일을 하면 돼!

캐나다
토론토

20, 30대가 가장 많이 선택하는 이민 과정 중 하나는 '유학 후 이민'이다. 전문 기술을 배워서 현지 학위를 얻으면 취업에 용이할 뿐만 아니라, 몇 년 동안 안정적인 신분으로 거주할 수 있기 때문이다. 남편 이성진 씨는 캐나다에서 제빵 공부를 마친 후 취업한 케이스다. 이들 부부가 경험한 캐나다 이야기를 들어보자.

이성진, 권세은

거주지	캐나다 토론토
직업	베이커, 편집 디자이너
체류기간	2년 (취업비자)

이성진

2000년	대학 입학(건축공학 전공)
2009년	대학 졸업, 건설협회 건설현장 근무
2010년	한국해비타트 취업, 결혼
2014년	NGO 퇴사, 유학 결정
2015년	토론토 도착, 조지브라운 대학 입학
2016년	포시즌 호텔 근무, 대학 졸업

권세은

1997년	대학 입학(산업공예디자인 전공)
2000년	대학 졸업, 주얼리 디자인 취업
2002년	편집디자이너로 이직
2010년	결혼, 임신 후 재택근무
2012년	출산, 육아
2015년	토론토 도착, 토론토 중앙일보 취업

"캐나다로 제빵을 배우러
훌쩍 떠나다"

대학 시절부터 외국생활과 봉사활동에 관심
이 많았던 성진 씨는 여러 활동을 통해 자연
스럽게 알게 된 NGO(비정부기구)에서 사회생
활을 시작했다. 산업공예디자인을 전공한 세
은 씨는 주얼리, 학습지, 기업보고서 등 다양
한 분야를 넘나들며 디자이너로 활동했다. 두
사람은 각자의 자리에서 자신의 영역을 조금
씩 넓혀가고 있었다. 그러다 NGO의 속 모습
이 정작 자신의 생각과는 다름을 느낀 성진
씨가 전업을 선언했고, 제빵을 배우기로 결심
한 그는 2015년 아내, 아들(3세)과 함께 캐나
다 토론토로 떠났다. 당시 그의 나이는 33살
이었다.

해비타트 일을 어떻게 시작하셨어요?

성진 : 사실 건축보다 누군가를 도와주는 일에 더 마음이 갔어요. 필리핀에 쓰나미가 왔을 때 '당신이 가진 능력으로 도와주세요'라는 캐치프레이즈를 봤어요. 그래서 해비타트 2년 해외 봉사를 지원했는데 면접에서 떨어졌어요. 그 다음 해에 국내에서 직원으로 일하는 건 어떠냐고 해서 입사했어요.

대학 졸업 후 줄곧 NGO에서 일했는데, 전업을 생각한 이유는 뭔가요?

성진 : 일에 회의감이 생겼어요. 10년 뒤 내 모습이 어떨지 보이니까 '계속 이 분야에 있는 게 맞을까' 하는 생각이 들었거든요. 전문가가 되고 싶었는데 그게 어렵다는 게 보였어요. 매년 직위는 높아져도, 내가 하는 일과 신입사원이 하는 일에 차이도 별로 없고요. 그리고 4년 정도 여러 기관에서 일해 보니 NGO 사업에 대한 기대가 무너졌어요. '사람을 돕는다'라는 마음으로 시작했는데 결국엔 사업의 하나일 수밖에 없더라고요. 장기 해외 파견을 기대했는데 그것도 어렵고요.

캐나다로 이민을 결심한 이유는요?

성진 : 처음부터 아예 이민은 아니었고요. 일단 전업을 생각하고 제빵 유학으로 온 거예요. 한국으로 돌아오더라도 1, 2년 나가보면 어떨까 생각했어요. 캐나다에 남을 수 있으면 남고요.

캐나다에서 무조건 정착하겠다는 건 아니네요?

세은 : 여기는 제빵을 공부하고 싶어서 왔어요. 베이커로 일하면서 영주권까지 따라오면 좋은 거고요. 캐나다 올 때 사람들한테 '이민 간다'는 말을 하지는 않았어요.

성진 : 장기 계획은 짜는데 (정착이) 안 될 수도 있다는 생각은 항상 해요. 저는 여기서 '살고 있다'지, '이민 왔다'고 생각하지는 않아요. '이민'이라고 하면 사람들이 영주권을 목표로 오거든요. 저는 그 과정이 싫었어요. 살긴 살더라도 살만한 이유가 있어야 한다고 생각해요.

"베이킹 해서 돈 못 벌어요, IT 하세요" 이렇게 얘기하는 분들이 있는데, 저희는 영주권이 최종 목표는 아니거든요. 물론 기회가 되면 영주권 취득하고 시민권까지도 바라보겠지만, 우선은 기술을 익히고, 경력을 쌓아 잘 적응하는 게 먼저라고 생각했어요.

다들 이민 생활이라고 하면 '힘들고 어렵다'라고만 느끼다 보니, 저 스스로 '이민'이라는 단어를 붙이지 않고 '이사 왔다'는 생각으로 지내고 싶은 마음이 있는 것 같아요. '다른 나라에서 산다는 게 굳이 힘들다고 느낄 필요는 없다'고 생각하고 싶기도 하고요.

제빵을 공부할 생각은 어떻게 하신 거예요?

세은 : 제가 남편에게 조지브라운 대학(George Brown College)에서 제빵을 공부하는 사람의 블로그 링크를 보내줬어요. 지나가다 보고 '제빵 기술을 배워서 캐나다에 사는 것도 가능하겠다' 싶어서 보내

준 거예요. 남편이 그때는 음식을 자주 하지는 않았지만 요리를 해서 먹이는 걸 좋아했어요. 특히 디저트류를요. 잘 맞을 것 같아서 보내준 거예요.

성진 : 재밌는 건 그전에 아내가 호주에 이민 가서 살고 있는 부부에 대한 글을 보내준 적이 있었는데 그땐 아무런 느낌이 없었어요. 그런데 이번에는 캐나다라는 나라보다 '제빵을 배우고 있는 모습'에 반했던 것 같아요. 제가 손으로 뭔가를 만들고, 요리하는 걸 좋아해서 블로그 보고 그날 바로 (캐나다행을) 결정했어요.

2015년 캐나다로 출국하던 날 인천공항에서

어떤 물건을 봤는데 둘 다 그냥 맘에 들어서 다른 고민할 필요가 없는? 딱 그랬어요. 그리고 대학생 때 밴쿠버 UBC 대학에서 두 달간 영어연수를 한 적이 있어요. '여기는 가족이 함께 살면 좋겠다'라고 생각했던 게 떠올랐어요.

세은 : 그래도 혹시 모르니까 캐나다에 가기 전 (남편이) 빵집(빵굽터)에서 일해봤는데 잘 맞는다고 하더라고요.

성진 : 대학생 때 프랜차이즈 식당에서 풀타임으로 일했어요. 식당은 매일 급하게 돌아가잖아요. 빵굽터에서 일해보니 제빵은 전날이나 아침에 주문이 다 나와요. 스케줄 있는 곳에서 일하는 게 좋겠더라고요.

조지브라운 대학 제빵 수업 과정에 대해 설명해주세요.
성진 : 2년 과정(4학기)이고요. 원래 9월이 입학 시즌인데, 제가 들어갈 때는 제빵학과가 인기라 5월 학기를 추가로 개설했어요. 한 학기에 4개월씩이고 입학 후 (4개월 방학을 포함해) 20개월 즈음에 졸업해요. 빠른 친구들은 방학 제외하고 16개월 만에 졸업하기도 해요.
제가 공부할 땐 제과제빵학과의 한 학기 학생이 50여 명이었고, 그 중 한국인은 2, 3명이었어요. 중국 사람이 많아서 아시아인은 40퍼센트, 캐나다인은 약 20퍼센트 그 외 다양한 국가에서 온 학생들로 구성되어 있고요.

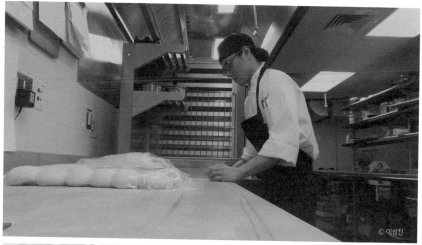

포시즌 호텔에서 일하는 이성진 씨
조지브라운 대학 제빵학과 실습수업

"서른다섯 살, 포시즌 호텔에서 인턴생활을 시작하다"

대학에서 제빵을 배운 이성진 씨는 지금 토론토 포시즌 호텔에서 '페이스트리 쿡(Pastry Cook)'으로 일하고 있다. 새로운 직업을 처음부터 시작하는 게 쉽지만은 않았지만, 지난 2년을 잘 버텨 여기까지 왔다. 3년짜리 PGWP(Post-Graduation Work Permit)라는 취업 비자를 받은 그는 한 발 한 발 캐나다에서의 미래를 그려가고 있다.

호텔은 어떻게 취직했어요? 과정을 설명해주세요.

성진 : 3학기에 한 달 동안 인턴 수업이 있는데 베이커리, 호텔 등 여러 군데로 갈 수 있어요. 저는 기본부터 배우는 게 낫다고 생각해서 호텔로 갔어요. 베이커리에 가면 특정 제품만 배워요. 호텔 뱅킷(Banquet)은 학교에서 배우는 메뉴를 다 할 수 있어서 도움이 될 거라고 생각했어요. 장기적으로 강단에 서고 싶은 생각도 있어서 호텔이 낫다고 생각했어요. 존경하는 학교 셰프가 토론토에서는 포시즌과 샹그릴라 호텔이 제일 좋다고 했는데, 저는 포시즌이 됐어요. 인턴을 한다고 취업이 보장되는 건 아닌데 마침 제가 일하는 기간에 그 호텔이 파트타임을 구하고 있었어요. 인턴 첫 주에 지원했는데, 인턴이 끝날 때까지 사람을 못 구해서 저만 면접을 봤어요. 호텔에서 파트타임으로 뽑으려는 사람만 면접을 봐서 합격할 확률이 50퍼센트는 돼요. 면접까지 가는 게 어려운 거죠.

제빵 공부를 한국이 아니라 캐나다에서 한 이유가 있나요?

성진 : 제빵이 한국에서는 아니더라도 캐나다에선 할 만하다고 생각해. 한국 빵집에선 아침 6시에 출근해서 저녁 7~10시에 퇴근했어요. 근데 급여는 월 130만, 150만 원이고요. 4, 5년 해서 제빵장이 돼도 근무시간은 크게 달라지지 않아요.

저는 가족과 함께하는 시간이 최대한 보장되길 바라는데, 한국에선 직접 빵집을 차리지 않으면 안 된다고 하더라고요. 근데 내 가게를 차려도 사장님 일하는 걸 보면 알잖아요. 사장님은 아침 6시에 문 열고 밤 12시에 문 닫아요. 하루 종일 빵집에만 있는 거예요.

저는 주 6일을 일하지만 사장님은 주 7일 일하시면서 한 달에 한 번 겨우 쉬시더라고요. 조금 지쳐 보이시는 그 모습을 보며 캐나다 행을 쉽게 결정할 수 있었던 것 같아요. 지금 저는 학교 수업이 겹쳐서 일주일에 4일(화, 수, 목, 토요일) 출근해요. 졸업 후에는 아마도 주 5일 근무할 수 있을 텐데, 평균 8시간 근무에 30분 휴식, 호텔 복지로 점심 또는 저녁이 제공되고 유급 휴식시간도 가질 수 있어요.

캐나다에서 제빵 분야는 급여가 어느 정도 수준인가요?

성진 : 제빵 분야라고 하더라도 근무를 어디서 하는지에 따라 또는 어떤 직책으로 있는지에 따라 차이가 많이 나는 것 같아요. 연봉 개념보다는 여기는 시급으로 급여를 받는데, 요즘은 최저 11.25달러에서 시작해 15달러 정도를 받으면 처음 제빵 시작하는 것 치고는 대우가 좋은 거예요.

저 같은 경우는 호텔에서 근무하기 때문에 비교적 좋은 복지와 급여를 받을 수 있고, 연차가 올라가면 자연스럽게 급여와 복지(휴가 또는 호텔에서 제공받는 다양한 혜택)가 좋아져요. 경력을 잘 쌓다 보면 매니저, 또는 셰프로도 승진할 기회가 생겨요. 이 경우 급여는 올라가지만 정해진 월급으로 받게 되고, 직원 관리와 책임감이 덧붙여져서 근무시간이 길어지기도 하죠. 참고로 호텔 총괄 셰프 (Executive Chef)는 유명세에 따라 10만 달러 내외로도 받을 수 있다고 들었어요. 저희 호텔 셰프는 아침 일찍 나와서 밤 12시에 퇴근하는 것도 많이 봤어요.

저는 돈을 많이 버는 것에 대해서는 미련이 별로 없어요. 캐나다

특성상 가정 수입이 높으면 그만큼 세금도 높아지기도 하고요. 오히려 수입이 조금 적으면 세금은 낮고 정부보조금이 높아지죠.

베이커로서는 어떤 계획을 갖고 계세요?

성진 : 나중에 영주권을 신청할 건데, 이민 정책이 불과 몇 년 사이에 많이 바뀌었어요. 지금 저는 경력을 잘 쌓는 게 더 중요해요. 그래야 회사에 들어가면 그 회사가 나를 잡을 거라고 생각하니까요. 가능하다면 제 가게를 하고 싶어요. 그리고 더 멀리 가서는 가르치는 일도 하고 싶어요. 제가 졸업한 조지브라운 대학에도 현업에 일하면서 파트타임 또는 풀타임으로 학생을 가르치는 셰프들이 있어요.

한인 이민자는 요리사(Cook)를 많이 하는데 이유가 있나요?

성진 : 제빵보단 많이 하는 것 같아요. 일단 영어를 많이 안 해도 되는 직업이고요. 캐나다는 요리사가 영주권을 받을 수 있는 직업군에 포함되어 있었어요.(2014년에 잠시 빠졌다가 이후 다시 추가됨) 요리가 좋아서 유학 온 사람들이 있고요. 다른 공부하다가 요리를 '알바'로 시작했는데 잘 맞아서 계속하는 경우도 있고요.

취업을 못하면 영주권을 딸 수 없을 텐데, 취업이 많이 어렵나요?

성진 : 대학에서 기술을 배우고 나오면 바로 건축현장 등에서 일할 수 있지만, 사무직 취업은 생각보다 어려워요. 여기 현지인들도 취업이 어려워요. 주변에 IT 전공으로 졸업한 지 1년이 지나도 취업이 안 돼서 마트에서 일하거나, 건설현장에 일용직을 나가는 사람들도 봤어요. 어떤 사람은 영주권 취득이 쉽다고 해서 다른 주로 갔는데 아직 일자리를 못 구했다 하고요.

한국은 스펙을 쌓고 면접 준비를 하는데, 여기는 경력 위주 채용이라 경력 없이 취업은 솔직히 어려워요. 어떻게든 졸업 전에 학교 다니면서 인턴, 파트타임으로 일 시작한 사람은 그래도 잘 구하는 것 같아요. 경력을 안 쌓고 있다가 졸업한 뒤 찾으려 하면 힘들죠. 저도 바로 일 시작하지 않으면 안 된다고 생각해서 5월에 대학 입학하고 6월부터 바로 식당에서 일했어요. 6개월 후에는 친구 소개로 새로 오픈하는 빵집에서 일자리를 구했고요.

조지브라운 대학에서 공부할 때 스타 셰프 데이비드 장(David Chang),
코리 리(Corey Lee)와 함께 찍은 사진

"새로운 경험의 연속,
걱정보다 설렘이 더 컸던 순간들"

세은 씨는 캐나다로 떠날 때 걱정보다 신나는 감정이 앞섰다. 새로운 것을 좋아하는 그녀에게 캐나다에서의 생활은 '그냥 새로운 게 아니라, 완전히 새로운 경험'이기 때문이었다. '캐셔라도 하면 되겠지' 생각하며 취업을 크게 기대하지 않았던 그녀는 남편보다 먼저 일자리를 구해 취업비자를 받았다.

세은 씨는 캐나다로 가기 전에 어떤 구상을 했나요?

세은 : 저는 워낙 해외 경험이 적어서 영어를 안 써봤어요. 빨리 영어를 익혀서 파트타임으로 캐셔(Cashier), 서빙이라도 하면 되겠다고 생각했어요.

성진 : 한국에서는 비정규직으로 여겨지는 레스토랑 종업원(Server)도 캐나다에서는 꽤 괜찮은 직업이 될 수도 있다는 걸 나중에 알았어요. 기본 급여는 낮지만 팁이 생각보다 넉넉해서 아는 동생들은 사무직으로 직장을 다니면서도, 일식당 서빙직을 주말에 나가서 일하기도 하더라고요. 하루, 이틀 밖에 안 해도 주말엔 손님이 많아서 팁으로 꽤 많이 벌 수 있으니 피곤하다고 하면서도 여행자금 마련한다는 핑계로 파트타임을 이어가기도 해요. 캐나다에선 외식을 하러 갈 때 식사비용 외에 세금 그리고 팁을 기본으로 10~20퍼센트 생각하고 있으니, 사람 만나고 얘기하는 거 좋아하는 사람들에게는 적절한 직업인 것 같아요.

그런데 경력을 살려서 취업을 하셨네요?

취업도 남편보다 먼저 하고요.

세은 : 외국 나가서도 제가 하던 일을 할 수 있을 거라고 생각하지는 않았어요. 캐나다에 도착한 둘째 날 은행에 가서 계좌를 만들었는데, 도와주던 한인 직원이 대뜸 직업을 물어보더니 디자이너를 뽑는다며 직장을 추천해줬어요. 그땐 정말 마음의 준비가 없어서 고사했어요.

그 다음에 남편이 주간지 신문사에서 디자이너를 뽑는다고 넣어 보라고 해서 지원했어요. 제가 신문은 안 해봤지만 거기도 사람이 급하게 필요해서 일하게 됐어요. 목요일 발행이라 금요일은 쉬고 월, 화, 수요일만 출근했는데, 초반엔 처음 하는 일이라 벅찼어요. 그런데 익숙해지니까 나중에는 집에서도 할 수 있더라고요. 익숙해진 뒤로는 월요일만 출근하고 나머지는 재택 근무했어요.

지금은 다른 신문사로 이직하셨는데 출퇴근 시간이 어떻게 되나요?

세은 : 근무 시간은 오전 9시부터 오후 4시 반까지인데요, 아이가 8시 45분에 학교 들어갈 때까지는 같이 있어야 해요. 그래서 회사에 양해를 구하고 15분 늦게 출근하고 있어요.

일과를 좀 더 설명해주세요.

세은 : 오전 6시 반에 일어나서 아이와 제 도시락을 싸요. 8시 반쯤 나가서 45분에 아이가 등교하면 저도 출근하죠. 아이가 요즘엔 방과후학교를 해요. 오후 6시까지만 데리러 가면 돼서 일이 적으면 4시 반, 많으면 5시쯤 퇴근해요.

월요일에서 금요일 7시간씩 근무하는데 여유롭게 일하는 편이에요. 아이가 병원이나 학교에 가야 하면 정오에 출근해도 돼요. 한국 회사지만 사람들이 캐나다에 오래 살아서 그런지 집안일이면 무조건 '오케이'예요. 일에 지장만 안 주면 돼요.

오후 1시에 퇴근하면 남은 일은 다음날에 하면 돼요. 이렇게 애 키우면서 일하기가 편하니까 여자들이 일을 많이 하는 것 같아요. 첫 신문사에 취업할 때도 '당장 아이를 맡길 데가 없다'고 했더니 거래처 중에 사립학교가 있다며 어린이집(Daycare)을 싸게 알아봐줬어요. 주말엔, 토요일은 놀러 다니고 주일은 교회를 가요.

예산은 얼마나 가져오셨어요?

성진 : 첫 학비를 내기 전에 한국은행 외화통장에 4만 달러를 넣어 놓고 시작했어요. 다른 통장에 예비비가 있긴 했는데, 지금까지 건드리지 않고 잘 버텨왔네요. 저희가 학비(3만 2,000달러)는 낼 만큼 있었고 '알바' 해서 월 1,000달러씩은 벌겠다고 생각했죠. 2년은 우리가 가진 돈으로 살 수 있다고 생각했어요.

세은 : 우리가 한 달에 2,500달러 정도 쓸 거라고 예상했는데 어림도 없어요. 한국보다 여기서 더 많이 쓰는 것 같아요.

성진 : 실제 살아보니 자동차 보험비, 주유비, 월세가 월 2,000달러 정도라 매달 생활비로 3,000달러, 어쩔 땐 4,000달러 가까이 지출하기도 해요. 그래도 지금은 저희 둘이 버니까 한 명의 소득은 저금하고 있고요. 세금은 정확하지는 않은데 저희 소득 기준으로 20퍼센트 내외로 낸다고 보면 될 거예요. 소득이 높으면 세금 비율은 더 높아질 거예요.

"복지가 좋은 나라,
캐나다에서 아이를 키우게 되다"

성진 씨와 세은 씨가 기대했던 것 이상으로 캐나다는 아이를 키우기 좋은 나라였다. 육아 지원정책도 예상보다 좋았고, 아이와 함께라면 어느 곳에서든 모두가 친절했다. 그 무엇보다 제일 만족스러운 건 아이와 함께할 수 있는 시간이 많아진 점이다.

캐나다에서 아이 키우는 건 어떤가요?

성진 : 캐나다는 복지가 좋고, 공부하는 동안 아이가 무료로 유치원에 갈 수 있는 걸 알고 있었어요. 근데 막상 와보니 생각보다 더 괜찮았어요. 무상지원이나 아이 양육보조금의 종류도 다양했고요.

세은 : 아이가 유치원에 들어갈 4살까지는 '일하지 말고 집에 있어야겠다'고 생각했는데 어린이집 지원금(Child Care Subsidy)을 알게 됐어요. 부모가 둘 다 일하거나 공부하면, 정부가 수입에 따라 차등 지원해주는 프로그램이에요. 외국인이든 시민권자든 모두 받을 수 있어요. 국공립 어린이집은 월 1,000에서 2,000달러예요. 저희 아이는 전액 지원받아 무료로 다니고 있어요.

그리고 아이가 캐나다에 거주한 지 18개월이 지나면 자녀양육보조금(Canada Child Benefit)이 나와요. 신청을 늦게 해서 만약 못 받은 금액이 있으면 일괄 소급 정산해주고, 18세 전까지 계속 나와요. 지금 저희 기준으로는 자녀가 한 명이라 월 650달러예요.

친구 부부는 둘 다 아직 학교를 다니느라 고정 수입이 없는데 아이가 둘이라 월 1,400달러 정도 보조금이 나와요. 월세 정도는 충당할 수 있는 비용인 거죠. 저희 집 월세가 1,400달러거든요.

한국에선 육아지원정책이 어땠어요?

세은 : 한국에선 월 10만 원을 받았어요. 10만 원 대신 무료로 어린이집을 보낼 수도 있고요. 비용 상으로는 어린이집이 무료니까, 캐나다 오기 전까지는 어린이집을 계속 다녔죠.

캐나다 어린이집은 한국과는 어떤 면이 다른가요?

세은 : 한국 어린이집에선 거의 엄마처럼 돌봐주잖아요. 애가 밥을 안 먹어도 옆에서 한 숟가락 더 먹이고…. 근데 여기선 애가 아파도 약을 함부로 주면 안 돼요. 꼭 부모의 사전 허락을 받아야 하고, 알레르기가 다양하게 많다 보니 아이 스스로 밥을 안 먹으면 딱 거기까지만 주고요. 아무리 아기라도 독립적으로 키우더라고요.

교육은 어떤가요?

세은 : 목요일마다 교육청에서 제공하는 프로그램의 일환으로 한글학교를 보내는데요. 한글학교를 갔다가 다음날 금요일에 유치원에 가면 선생님이 항의를 해요. (다른 날은 안 그러는데) 애가 너무 '젠틀(Gentle)'하지 못하고 다른 친구들을 발로 막 차고 한다고요. 여기는 주변 사람들에 대한 예절을 더 따져서 아이들이 좀 더 차분해지는 것 같아요.

캐나다 부모는 자녀에게 엄한 편인가요?

한국에선 흔하지만 캐나다 와선 어른들이 아이들에게 소리 지르는 걸 본 적이 없어요. 차분하게 말하는데 아이들이 알아들어요.

미국의 한인 이민자들은 사교육을 꽤 하던데요. 캐나다는 어떤가요?

세은 : 한국만큼은 아니지만 꽤 많은 한인들이 캐나다에서도 사교육을 시켜요. 사실 제가 고3까지 서울 대치동에 살아서 대치동 학원가를 보며 자랐어요. 애들이 그렇게 사는 게 너무 불쌍한 거예요.

그때부터 '애는 이렇게 키우지 말아야지'라고 생각했어요. 그러다 보니 점점 '한국에선 살지 말아야지', '안 되면 시골 가서라도 살아야지' 생각했어요. 물론 여기서도 한국처럼 사는 사람이 있어요.

성진 : 여기도 학군이 있어요. '학군이 좋다'는 말은 그 동네에 동양인이 많다는 거예요. 우리는 사교육을 안 시키겠다는 생각을 가지고 왔어요. 사교육을 받은 아이와 안 받은 아이들의 차이가 있잖아요. 그런 환경에 따라 직업군 선택도 달라지고요. 앞으로 한두 세대는 지나야 이런 것도 바뀌지 않을까요. 바뀌고 있지만 당장은 어렵다고 보는 거예요. 기본적인 것 자체가 평등했으면 하는 생각이 있어요.

토론토에서 처음으로 떠난 해외여행, 쿠바에서

"내 가치관대로
살아가고 있는가"

이들 부부는 한국이 싫어서 해외로 떠난 건 아니다. 외국 출장을 많이 다니면서, 전업과 아이 교육 등에서 캐나다가 더 적합하다고 판단했을 뿐이다. 이들은 자신의 성향과 적성, 직업을 잘 따져보고 이민을 결정해야 한다고 조언했다.

캐나다에 와보니 한국에서 삶과 어떤 부분이 달라졌나요?

성진 : 가족과의 시간이 훨씬 많아졌고, 주방에서 보내는 시간이 늘었어요. 아들 학교 문제와 교육, 놀이에 대해 더 많이 생각하고, 등하교를 같이 할 수 있게 됐고요. 그리고 정치 문제 같은 고민을 덜하고, 경제적 문제 특히 수입에 대해 오히려 덜 걱정하게 된 것 같아요.

캐나다에서 살아 보니 좋은 점은 뭔가요?

성진 : 직장에서 일에 대한 스트레스는 있지만, 상사 눈치와 퇴근 때문에 받는 스트레스는 없어요. 초과 근로하면 돈을 더 줘야 하니까 상사들도 바로 퇴근하죠. 그리고 "이거 일 누가 했어?"와 같이 잘잘못 따지는 걸 본 적이 없어요. 내가 뭘 잘못 만들었다면 그걸 확인하지 못한 상사의 책임이에요.

세은 : 한국은 사람이나 줄에 따라서 결정되는 상식 밖의 일이 있지만, 여기는 되는 건 무조건 되는 거예요. 나라를 믿어도 되는 거죠. 그게 달라요. 대신 행정처리가 엄청 느려요. 서류를 보내면 잊어버릴 때쯤 답장이 와요.

성진 : (이민자를) 많이 이해해주려고 해요. 상대가 유색인종이면 영어가 서툴 수도 있다는 걸 전제로 두고 있어서 그런지 대체적으로는 너그러워요. 한번은 제 신용카드가 도용됐다는 연락이 온 적이 있어요. 아무래도 좀 복잡한 이야기가 될 것 같아서 통역사를 요청

해 삼자 통화를 했는데요. 영어 쓰는 사람이 그걸 귀찮아한다거나, 불편하다고 표현하는 게 전혀 없어요.

세은 : 여긴 통역사가 어디든 있어요. '교통티켓' 때문에 벌금 조정을 하기 위해서 법정에 갔을 때, 통역사를 요청했는데 통역사가 안 오면 그 벌금이 무효가 돼요. 그리고 사람들이 매너가 좋아요. 특히 운전할 때 많이 느껴요. 웬만하면 다 기다려줘요.

불편하거나 안 좋은 점도 있지요?
세은 : 의료시스템이 안 좋은 건 유명해요. 아프거나 병원 갈 때 정말 불편해요. 한국은 한 군데서 검사를 모두 받을 수 있는데, 여기선 피 검사, 초음파 검사하러 다 따로 가야 해요. 그 대신 무료이긴 해요. 약값은 들지만요.

성진 : 제가 아침 8시에 응급실에 간 적이 있어요. 기다리라고 해서 기다렸는데 저녁 6, 7시 다 돼서야 치료를 받았어요. '아파서 죽겠다'는 아니라서 기다리긴 했는데 너무 오래 걸리죠. 천천히 하지만 정확하게 한다는 말이 맞는 것 같아요.

캐나다에서 살면서 가치관이 달라졌다거나 변화가 있나요?
성진 : 가치관은 같은데, '가치관대로 살아가고 있느냐'가 달라진 것 같아요. 일과 삶의 균형이 있고, 수단으로써의 일이 아니라 내가 추구하는 걸 위해 일하길 바랐어요. 그래서 NGO를 하고 누군

이성진, 권세은 씨 가족의 집 뒷마당
집 벽에 붙어 있는 가족 사진

가를 도와주는 일을 선택한 건데요. 현실은 그게 아니었던 거죠. 그리고 내가 성장하고 싶고 전문가가 되고 싶었는데, 한국 사회에서는 가능하지 않겠다고 생각했어요. 그래서 기술을 배우고 싶었죠. 여기는 기술이 우선이에요. 실력이 있으면 인정을 해줘요. 출신, 학교도 보지만 어디서 몇 년 근무했다고 하면 인정해주거든요. 캐나다 사람들은 경력자들도 부족한 게 있다고 느끼면 따로 가서 더 배우고 와요. 페이스트리 셰프도 레시피 관련해서 모르는 게 있으면 저에게 물어봐요. 저는 베이킹 쪽이거든요. 그런 면에서 되게 수평적이고 제 기술을 존중해준다는 걸 느끼죠. 내가 공부하고 배운 만큼 여기서 인정받을 수 있으니까요.

다른 분들이 캐나다로 이민 온다고 하면 추천하겠어요?

세은 : 막연하게 한국의 부조리가 심해서, 또는 미세먼지 때문에 온다면 추천 안 할 텐데요. 싫다고 그냥 도망치듯 오는 게 아니라, 스스로 목적을 가지고 와야 할 것 같아요. 그 대신 여기선 정말 열심히 살아야 해요. 제 남편에게 이민을 상담하는 친구가 많아요. 그런데 질문만 계속하고 오는 사람은 사실 없어요.

또 한편으로는 저와 남편이 돈 많이 벌고, 엄청 어렵게 들어간 직장이 있다면 '이렇게 쉽게 포기하고 올 수 있었을까' 이런 생각을 해요. 내려놓기 쉬웠기 때문에 올 수 있었던 거죠.

성진 : 한국이 경제적으로 못 사는 나라는 아니에요. 대신 일과 직장, 가정의 균형을 찾기 어려운 곳이긴 하죠. 친구들한테도 얘기하

다가 대부분 마지막에는 '그럴 거면 그냥 한국 살아라'라고 대답을 해줘요. 저희도 한국이 싫어서 도망치듯 떠나온 건 아니거든요.

노후 계획은 세우셨어요?

성진 : 캐나다 오래 사신 분이 이렇게 계획하라고 알려주셨어요. 월세가 비싸니까 집을 빨리 하나 마련해서 기초연금 나오기 전까지 다 갚아라. 그러면 집으로 나가는 돈이 없으니 연금만으로 살 수 있다는 거죠.

왜냐하면 최근 몇 년 동안 토론토 주택 가격이 엄청 많이 오르고 있거든요. 마음 같아서는 당장이라도 집을 사고 싶지만 앞으로도 몇 년간은 희망사항으로 남겨둬야 할 거 같아요.

저는 두 가지 길을 열어두고 있는데 한 가지는 호텔이나 인지도가 있는 곳에서 경력을 쌓고 조지브라운과 같은 제빵학교에 강사진으로 취업하는 길이고, 다른 하나는 가능하다면 충분히 경험을 쌓은 후 제 가게를 차리고 싶어요. 그래서 은퇴 걱정 없이 오래오래 제 일을 하고, 기회가 있을 때 해외 선교를 나가고 싶어요.

세은 : 여기는 퇴직이 65살인데 디자이너는 정말 65살까지 디자인을 한대요. 한국은 (그 나이면) 위에서 관리직을 하는데, 여기는 나이 들어도 일하는 분이 많아요. 여기선 당연히 일하는 거로 알고 있어요. 저도 필요하다면 학교도 다시 다니면서 새로운 것도 배우고, 오래 일하며 살고 싶어요.

캐나다로 떠났다면 당연히 이민을 생각하고 있을 줄 알았다. 그런데 성진 씨와 세은 씨는 하고 싶은 일을 찾아 캐나다로 향했다. '이민을 간다'라는 말에는 '한국으로 돌아오지 않을 것이다'라는 의미가 80퍼센트 정도 담겨 있다고 생각했다. 하지만 인터뷰를 끝낸 지금은 '이민을 간다'는 말은 '멀리 이사를 간다'는 것과 다를 바 없다는 생각이 든다.

농부가 꿈인 사람이 서울에서 베란다 텃밭을 가꾼다고 그 꿈을 이룰 수 있는 건 아니다. 원하는 것을 찾아 배울 수 있고, 시도할 수 있는 곳으로 떠나는 것, 이제 '이민'이라는 말은 이런 의미를 담고 있어야 하지 않을까.

학교를 졸업하고 2년 후인 2018년 6월 성진 씨는 영주권을 받았다. 그리고 지금은 토론토 다운타운에 있는 켄싱턴 마켓에서 친구와 함께 디저트 매장을 운영하고 있다. 그의 따뜻한 마음이 담긴 달콤한 디저트를 언젠가 꼭 맛볼 수 있기를 바란다.

성진 씨의 통학길 풍경
부부가 처음 1년간 지냈던 아파트에서 바라본 토론토 전경

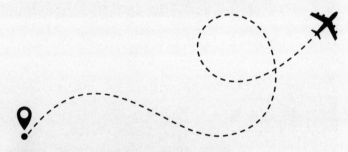

Bogota
Colombia

"이기적이라고?"

나를 위해 재밌게 살고 싶어서
남미에 온 여자

콜롬비아
보고타

북아프리카 모로코에서 미국 뉴욕으로 넘어가는 날, 콜롬비아에서 한 통의 이메일이 왔다. 콜롬비아? 많이 들어봤지만 사실 아는 게 거의 없었다. 떠오르는 건 커피, 축구, 마약갱 정도? 콜롬비아는 어떤 나라고, 그곳의 삶은 어떨까? 궁금증이 커지면서 소연 씨의 이야기가 무척 듣고 싶어졌다. 몇 달 후 콜롬비아 수도 보고타에서 소연 씨를 만날 수 있었다.

김소연

© 김소연

거주지	콜롬비아 보고타
직업	HS애드 현지 채용 근무
체류 기간	3년(취업비자)

2007년	대학 입학
2008년~2009년	미국 마이애미 어학연수
2012년	대학 졸업, 광고회사 한컴 입사
2015년	퇴사 후 콜롬비아로 출국
2016년	디자인 회사 콤마(Komma) 운영
2016년	HS애드 취업

"재미가 없으면
재미있게 만들어라"

고등학교 시절 한국무용을 전공한 소연 씨는
뒤늦게 대학 입시를 준비했다. 세계적인 무언
가를 하고 싶다는 원대한 꿈을 가진 그녀에
게 어머니는 "그러려면 우리 역사를 먼저 알
아야 한다"고 조언했다. 이런 이유로 재수 끝
에 사학과에 입학했지만 대학 생활은 한없이
지루하게 느껴졌다. 그러다 그의 푸념을 들은
선배의 "재미가 없으면 재미있게 만들어야
지"라는 말 한마디가 소연 씨의 학교생활을
180도 바꿔 놓았다.

편견이지만 사학과는 소연 씨 이미지와

　　잘 안 어울리는 것 같은데요?

사학과가 너무 재미없었어요.(웃음) 그러다 "직접 재미있게 만들어 보라"는 선배의 제안에 농활 대장을 맡았죠. 할머니, 할아버지 앞에서 공연하고 같이 막걸리 마시고 춤추고 너무 재밌었어요. 근데 다음 농활에선 신청자가 없어서 사학과 농활대를 없앤다는 거예요. 제가 사람들 설득해서 15명을 모았어요. 학과 공부보다는 이렇게 사람들 모아서 노는 게 재밌었어요.

　　대학 2학년 때 어학연수를 갔는데, 미국 마이애미로 간

　　특별한 이유가 있나요?

스무 살 조금 넘어서 처음으로 외국을 갔어요. 엄마랑 베트남, 캄보디아에 갔는데, 베트남 전통의상인 '아오자이'를 입고 다녔어요. 그때 인기가 정말 많았어요. 제가 외국에서 통한다는 걸 알게 됐죠.(웃음) 그 후로 여행을 많이 다녔어요. 브라질 삼바 축제도 가고 인도도 가고요.

마이애미로 간 이유는, 영화 보면 마이애미에 섹시한 사람들도 많고 범죄도 많잖아요. 재미있을 것 같다고 생각했어요. 내가 가야 할 것 같다는 '필(Feel)'이 빡! 왔죠. 결과적으로 마이애미에서 지냈던 시간이 제 인생의 '터닝 포인트'가 됐어요.

한국에서 어학연수로 많이 가는 곳은 아닌데 그곳 생활은 어땠어요?
영어를 잘 못하지만 외국에선 어떻게든 다 혼자 처리해야 하잖아
요. 집에 전기가 끊기면 직접 가서 해결해야 하고요. 그렇게 살다
보니 자신감이 생기더라고요. 또 제가 가슴이 약간 큰데 그게 한국
에서는 콤플렉스였어요. 시선도 불편하고 버스 같은 데서 치한도
많았어요. 근데 마이애미에선 "너 참 예쁘다"라는 얘기를 많이 들
었고 이상한 시선도 많지 않아 편했죠.
생활은 맨날 파티 다니고 친구들이랑 어울렸어요. 7개월 동안 너
무 놀아서 남은 3개월은 텍사스에 있는 기독교 대학의 부설 어학
원으로 옮겼어요. 근데 그동안 너무 놀아서 공부가 안 되는 거예
요. 한 달 정도 있다가 '여행이나 해야겠다' 생각하고 여행을 떠났
죠. 1년 동안 열심히 놀다 보니까 영어는 진짜 많이 늘더라고요.

　　어학연수를 갔는데 어학원을 그만두고 여행을 간 거네요?
어학원을 그만두면 비자가 사라져서 미등록 체류자(일명 불법체류
자)가 돼요. 학원에 그만두겠다고 얘기했더니 "너 나중에 미국으로
신혼여행 오고 싶지 않아?" 그러더라고요. 나중에 불이익이 있을
수 있다는 거죠. 근데 전 그냥 "바이(Bye)" 하고 나왔어요. 나중에
학생비자가 만료됐다고 이메일이 왔어요.
마이애미에서 만난 한국 친구의 차를 타고 한 달 정도 뉴욕, 시카
고, 덴버, 샌디에이고로 미국 횡단 여행을 했어요. 돈 아낀다고 길
가에 차 세워두고 자기도 했고요. 몇 년 후에 (취직해서) 라스베이
거스로 출장 갔는데 입국할 때 아무 일도 안 생기더라고요.

© 김소연

미국여행 중
칼리의 살사 클럽

"불꽃처럼 뜨거웠던 20대의 마지막"

미국 어학연수, 아니 미국 횡단 여행을 끝내고 한국으로 돌아온 소연 씨는 더욱 자신감 넘치는 사람이 되어 있었다. 하지만 그런 그녀에게도 취업은 그리 쉽지 않았다. 여러 회사에 지원했지만 결과는 매번 낙방이었다. 능숙했던 영어는 미국 파티에서는 빛났지만 한국 취업의 문턱을 넘기엔 큰 도움이 되지 않았다. 그러다 우연히 '서울 세계 불꽃축제'를 운영하는 광고회사 한컴의 채용공고를 보게 됐고, 그곳에서 승부를 보기로 결심했다.

축제 기획에 관심이 있으셨나요?

농활 이후 학회실에 '레드카펫'을 깔고 크리스마스 축제도 열었어요. 사람들이 내가 만든 축제의 장에서 열광하는 게 너무 재미있었어요. 해외 축제도 많이 다니고, 홍대 페스티벌 같은 곳에서 자원활동도 몇 번 했고요.

한국은 브라질 삼바 축제처럼 모두 모여서 춤추는 축제는 없잖아요. '내가 죽기 전에 우리나라 역사에 남을 축제를 하나 만들어야지'라는 생각을 갖고 있었는데 한컴에서 불꽃축제를 하고 있는 거예요. 이미 그런 축제를 하는 회사라면 내가 다른 것도 할 수 있겠다는 생각이 들었어요.

불꽃축제면 원하던 자리에 맞게 입사하셨네요.

채용 공고를 보니 마감이 다음 날 오후 3시였어요. 일단 노트북과 엄마 신용카드를 가지고 모텔에 들어갔어요. 밤새 이력서를 써서 마감시간에 딱 보냈어요. 근데 제가 원하던 프로모션 쪽이 아니라 광고 AE(기획자)만 뽑고 있었어요. 그래도 '일단 AE라도 돼보자'는 생각이었죠. 입사 원서를 내놓고 태국 송끄란 물 축제에 갔는데 합격 통보가 왔어요. 한국 돌아온 날 배낭 메고, 슬리퍼 신은 채 인적성 시험을 보러 갔죠. 그런데 그것도 붙은 거예요!

출근 첫날, 상사가 저에게 "우리가 논의를 해봤는데 소연씨는 AE로 붙었지만 BTL(프로모션 분야)로 가야 할 것 같아요. 프로모션 쪽에서 능력을 발굴시키는 게 좋을 것 같다는 게 사장님과 임원 전체의 의견이에요"라고 말씀하셨죠. 저는 바로 "감사합니다" 했죠! 속으로 '어떻게 이런 기적이 있나' 했어요.

회사생활은 어땠어요?

BTL은 여러 업체를 관리하고, 발주하는 곳이라 신입을 잘 안 뽑아요. 보통 경력직을 뽑죠. 제가 6년인가 만에 뽑힌 신입이었어요. 그래서 다들 많이 예뻐해주셨어요. 근데 제 팀장님만 '죽든 말든 알아서 하라'며 일을 엄청 심하게 시켰어요. 나중에 들어보니 '강하게 키우고 싶었다'고 하시더라고요. 그분이 불꽃축제 주 담당자고 제가 '서포트'였어요. 2012년부터 그걸 4년 동안 했어요. '정말 내 꿈이 이루어지는구나' 생각하고 밤새도록 일하고, 아이디어도 짜고 재밌게 일했었죠.

재미있는 일 찾기가 쉽지 않은데, 원하는 일을 하다가
퇴사를 결심하게 된 계기가 있었나요?

제가 회사 들어갔을 때가 26살이었어요. 근데 영어 프레젠테이션을 해서 예산 10억 원이 넘는 경쟁 PT를 딴 거예요. 회사에서 '굉장한 애가 들어왔다'는 이야기도 나오고 인정받으니 즐거웠어요. 근데 몇 년이 지나고 서른을 앞두니까, '30'이라는 나이가 너무 무서웠어요. 이젠 사회에 굴복해야 하는 나이랄까. 20대는 뛰어다니고 좌충우돌 부딪히고 누구와 연애를 해도 상관없는데, 서른이 되면 회사에 헌신하고 아이를 가져야 할 것 같은 거예요.

불꽃축제도 자리 잡혀가고 좋았는데 그게 한편으로 무서웠어요. 광고업계에 있으니까 인생이 벅차게도 바쁘더라고요. 엊그제 입사한 것 같은데 눈 떠보니 이미 1년이 지나 있고, '이렇게 살아도 되나' 하다 보니 또 1년이 지나가고. 그러다 문득 이런 생각이 들었어요. '내 인생은 이게 끝이 아닌 거 같은데, 내 인생의 모험은 아직 끝난 거 같지 않은데…' 대기업 직장에 남자친구도 있고 돈도 괜찮게 벌고 있으니, 이러다가 결혼해서 애 낳고 평생 이렇게 살 것 같은 두려움이 생겼어요.

'익숙한 생활에 빠져들 것인가, 아니면 빠져나올 것인가' 계속 고민했죠. 그러다 29살로 넘어갈 때 라스베이거스에서 2015년 새해를 맞았어요. 외국 불꽃축제를 보고 우리 축제의 발전방향을 모색하는 출장이었죠. 아이러니하게도 그 출장에서 회사를 그만두어야겠다는 생각을 했어요. 라스베이거스 기념품 가게에서 열쇠고리를 보는데, 이 출장이 다 회사를 먹여 살리기 위한 것이라는 생각이 들더라고요.

'평생 이렇게 살아야 되나?' 앞날이 깜깜하더라고요. '분명히 세상엔 너무나도 즐겁고 무궁무진한 기회가 있을 텐데'라는 기대감과 아쉬움도 컸고요. 그래서 '나를 위해 이기적으로 살아야지. 회사를 그만두고 외국에 나가서 마지막으로 정말 막연한 모험을 해보고 싶다'고 생각했어요. 무엇을 하고 싶은지, 무엇을 만나게 될지, 무엇이 될지는 모르겠으나, 1년만 모든 걸 내려놓고 마음 내키는 대로 살아보고 싶었어요. 사실 이렇다 할 목표가 없어서 두려움은 컸지만 안 하면 평생 후회할 것 같아서 제 인생을 건 도박을 해보자고 결심했어요.

라스베이거스 출장에서 돌아온 후 바로 퇴사 준비를 하신 건가요?

아니요. 부모님이 (주변에) 제 자랑을 많이 하시고, 남자친구와 헤어지는 것도 걱정되고 이것저것 걸리는 게 많았어요. 대리 진급도 얼마 안 남았고, 연봉도 나쁘지 않아서 더 오래 걸렸죠. 가진 게 많으니까 놓기가 힘든 거예요. 그렇게 8개월을 더 고민했죠.

그때 한 친구가 이렇게 말하더라고요. "중요한 거 하나만 선택해. 가지는 쳐내면 되는 거야" 그때 '(미래에) 덜 후회할 걸 하자'고 결심했어요. 일은 평생 할 수 있지만, 다른 나라에서 마음 내키는 대로 살면서 새로운 기회의 문을 열어보는 건 아무 때나 할 수 있는 게 아니잖아요.

남들이 뭐라고 말해도 그저 30살이 조금 넘은 나이에 직장, 돈, 남자친구가 없는 것뿐이잖아요. 조금 무섭기야 하겠지만 다시 시작하기에 늦은 나이도 아니고요. 결국 8개월 후 2015년 여름에 회사에 얘기했어요. 10월 불꽃축제를 끝으로 퇴사하고, 2주 만에 출국했어요.

　　부모님에게는 뭐라고 말씀드렸어요?

아빠는 대학생 때 어학연수도 반대하셨어요. 9장짜리 기획안을 만들어서 부모님한테 프레젠테이션하며 설득했는데도, 미국으로 떠날 때 아빠 얼굴도 보지 못했어요. 근데 이번엔 둘이 소주 3병, 맥주 8병, 막걸리 1병을 해치우고 속을 게워내며 말씀드렸어요. 그때 아빠가 말씀하신 게 가슴에 남아 있어요. "그래, 잘 생각했다. 아빠가 살아보니 아등바등 앞만 보고 달려온 게 후회스럽다. 더 젊고

열정이 있을 때 많은 걸 해 봐. 아빠 언제나 널 응원하는 버팀목이
고 보디가드야. 잘 다녀와."

콜롬비아 대표축제 바랑키야 카니발에서

"살사 비자로 시작한
콜롬비아 생활"

한국을 떠나기로 결심했으니, 이제 살아볼 곳을 찾아야 했다. 그러다 콜롬비아에 있는 '살사의 도시' 칼리(Cali)를 알게 됐다. 한국무용을 했던 소연 씨에게 춤은 인생의 중요한 부분 중 하나였다. 주저 없이 선택한 칼리는 그에게 또 다른 기회를 줬다. '한번 살아보러 간 곳'에서 사업과 해외취업 그리고 국제연애라는 큰 모험을 시작한 것이다. 그리고 그 모험은 아직 끝나지 않았다.

왜 남미를 선택하신 거예요? 그것도 콜롬비아로요.

마이애미에 있을 때 '남미애 같다'는 얘기를 많이 들었어요. 회사 다닐 때도 아버지가 브라질 사람이라는 얘기가 돌기도 했어요. '그러면 내 조국을 한번 찾아가볼까' 하는 생각을 했죠. 남미에 대한 갈망이 있었어요. 브라질에서 삼바를 췄을 때도 늙기 전에 자유롭게 남미에서 살고 싶기도 했고요.

퇴사하고 정말 갈 수 있게 됐을 때 남미 어디로 갈지 고민했죠. 원 없이 춤추고 싶었어요. 남미는 춤이잖아요! 아르헨티나? 브라질? 삼바를 뜨겁게 춰야 하나? 마이애미에 같이 있던 친구에게 물어봤더니 칼리가 살사의 도시고, 날씨도 너무 좋다는 거예요. 그래서 별로 찾아보지도 않고 비행기표를 샀어요.

나 홀로 남미의 도시에 떨어진 건데, 칼리에 처음 도착했을 때 기분이 어땠어요?

'드디어 나의 섹시함을 꽃피울 수 있는 남미에 왔구나' 하면서 왔죠.(웃음) 사실 걱정도 조금 됐어요. 오는 비행기에서 '내가 정말 지금 뭐 하는 거지? 이래도 되는 건가' 스스로 혼란스럽기도 하고 엄마가 외교부 사이트에서 (여행경보제도를) 확인했는데 '인도'도 주황색인데 '콜롬비아 칼리'는 빨간색이라는 거예요. 칼리를 추천한 콜롬비아 친구를 공항에서 만나자마자 진짜 위험한지 물어봤죠. 아니라고 답하길 기대했는데 "길에서 휴대폰이나 돈을 꺼내면 절대 안 돼. 위험해" 이런 얘기를 들으니 도착하자마자 기분이 안 좋았어요.

일단은 여행자들이 모이는 산 안토니오 지역의 호스텔로 갔어요. 그 친구는 데려다주고 바로 가버렸고요. 남미에 오면 길에서 다 춤추고, 지나가는 사람에게 인사하고 그럴 줄 알았는데 모든 집에 철창이 쳐져 있는 거예요. 보통 호스텔 주인이 여행 정보를 알려주는데 마침 주인도 없어서 엄청 우울했어요. 2, 3일 동안 친구도 없이 혼자 맥주나 마시면서 방에 갇혀 있었어요. 그러다 4일째 되는 날 마음을 먹고 길을 나섰죠.

사람들한테 "아까데미 살사(살사 학교)?"라고 물어보면서 다녔어요. 겨우 하나 찾아갔는데 문이 닫혔더라고요. 밥도 제대로 못 챙겨 먹고 다녀서 '망했다'는 생각이 들더라고요. 그렇게 터벅터벅 걸어가는데 어디선가 살사 음악이 들리는 거예요. 혹시나 해서 건물로 들어가보니 살사 학교였어요.

마침 숙박업도 같이 하는 곳이라 바로 등록하고 방도 옮겼어요. 살사가 저랑 잘 맞더라고요. 점점 실력이 늘어서 '정식 기관에서 제대로 배워서 동양인 최초로 살사를 정복한 사람이 돼야겠다'고 생각했어요.

어떤 비자를 받으셨어요?

콜롬비아가 한국전쟁 참전국이라 한국과 관계가 좋아요. 처음엔 관광비자로 왔고요. 제가 있던 곳이 공식 살사 교육기관이라 학교 문서를 내니 3시간 만에 1년짜리 학생비자를 받았어요. '살사 비자'인 셈이죠. 지금은 취업비자로 바꿨고요.

그렇게 좋아하던 칼리에서 왜 보고타로 오게 됐어요?

한창 살사에 푹 빠져 있을 때에 훌리안(당시 남자친구)을 만나게 됐어요. 바로 옆방이었거든요. 발코니가 연결되어 있어서 이야기를 많이 하게 됐죠. 그 친구는 아버지 회사 중에 디자인 회사를 맡고 있었어요. 매일 자신의 사업 이야기에 열을 올리는데 너무 꿈만 원대하기에 오랜만에 광고인의 손길로 기획을 살짝 잡아줬어요. 그때부터 눈빛이 달라지더니 저에게 같이 사업을 해보자고 제안하더라고요.

그러다가 한 달 정도 에콰도르 여행을 함께 갔다 왔어요. 다녀오고 나니 살사에 대한 열정이 줄어드는 걸 느꼈어요. 그때쯤 살사 학교에 여행자들이 늘어나면서 관광객 허브가 됐고요. 아침 10시부터 늦은 밤까지 살사만 틀어대니까 방에서 쉴 수도 없고 미쳐버리겠는 거예요. 게다가 매일 미팅에, 아이디어 전쟁에, '스펙터클'하게 일하던 제가 4개월 정도 그냥 놀고 있으니 몸이 찌뿌둥하기도 하고 나중엔 시시해지더라고요. 결국 보고타로 넘어가서 훌리안과 사업계획을 현실화시키게 됐죠.

　그래도 사업을 결정하기는 쉽지 않았을 것 같은데요?

　더구나 외국에서요.

한국에서도 자기 비즈니스를 하고 싶다는 꿈을 누구나 가지고 있잖아요. 하지만 나 같은 피라미는 뭘 할 수도 없겠다 싶었고요. 장벽이 높아서 꿈도 못 꿨는데 남미에서는 좋은 아이템을 찾으면 거침없이 해보자고 생각했어요. 운 좋게 사업 기회가 생겼고 훌리안과 생각도 잘 맞았어요. 그 친구는 디자이너고, 저는 기획자니까 뭔가 될 것 같았죠.

첫 아이템은 링이나 파우치 같은 휴대폰 액세서리였어요. 능력은 있는데 돈이 없는 '언더 디자이너'들을 양성하는 큰 꿈을 꿨어요. (홍대에 있는) KT&G 상상마당 같은 아트 플랫폼이요. '나의 선진적인 기획과 너의 뛰어난 경험으로 한번 만들어보자. 여기는 물가가 싸니까 우리 자산을 더해서 제대로 시작해보자!' 그렇게 오프라인 가게까지 하게 된 거죠.

훌리안이 다녔던 대학 앞에 월세 150만 원짜리 2층 건물을 임대했어요. 1층은 가게로 꾸미고, 2층은 매점 겸 디자인 작업소를 만들자고 했죠. 아이디어가 샘솟기 시작했어요. 둘이 밤새도록 얘기했죠. 훌리안은 시도 때도 없이 '2층에서 디자이너 양성 프로젝트를 해보고 싶다'며 아이디어를 쏟아냈고, 저는 '이렇게 하면 상품이 잘 팔릴 것 같아. 처음 돈 벌면 뭐할까' 설레면서요. 제 꿈이 '골든 러시'를 만난 것 같았어요. 머릿속에선 대기업 나온 한국 여자가 남미 창업 신화를 연다는 꿈이 펼쳐졌어요.

사업 초반의 설레었던 감정이 느껴지네요.
그런데 원대한 꿈에 비해 운영이 잘 안 됐었나 봐요.

훌리안은 운영하던 디자인 회사 때문에 가게에 있지 못했어요. 저와 직원이 20평짜리 전체 가게 운영을 맡았죠. 문제는 제 스페인어였어요. 기획은 하는데 손발이 잘려 실행을 못하는 거예요. 또 하나는 매장 위치였어요. 대학가는 1년에 4개월이 비수기(방학)잖아요. 그리고 주변 상권을 봤어야 했는데 저는 무턱대고 훌리안을 믿었죠. 현지인이고 자기 학교 앞이니까 '얘가 뭔 생각이 있겠지' 싶었어요.

6월에 오픈했는데 8월까지 두 달 동안 방학이었어요. 첫날 두근거리는 마음으로 손 발 떨면서 기다렸는데 물건 2개를 판 게 전부예요. 그것도 한 사람이 2개 산 거예요. 사람을 끌기 위해 한국에서 인기였던 봉지 칵테일과 붕어빵도 팔았어요. 근데 학교 앞 엠빠나다(스페인식 튀김만두)가 1,500페소인데, 작은 붕어빵이 2,000페소니까 장사가 될 리가 없잖아요. 방학이라 사람도 없었고요.

8월 개강에 맞춰서 2층을 오픈했어요. 김밥, 라면도 팔고 입구에 칵테일바도 열었어요. 온라인으로 광고도 내고 음식을 사면 칵테일을 무료로 주는 이벤트를 했더니 사람들이 엄청나게 몰렸어요. 줄도 길게 늘어서고 2시간이면 상품이 동나고, 학교 광고팀에서 촬영도 오고 미래가 보이기 시작했죠. 매주 금요일에는 테마별 파티를 여니 다른 학교 학생들도 찾아오더라고요. '이제 됐다' 싶었어요. 그런데 얼마 안 가 인기가 식기 시작했어요.

'아니, 한국에서처럼 스트레스 안 받으려고 여기까지 온 건데 왜 이렇게 열심히 살아야 해?'라는 안일한 생각에 추석 즈음에 한 달 정도 한국에 다녀왔어요. 갔다 오니 직원에게 맡긴 가게 상황이 안 좋아졌더라고요. 메뉴도 엉망이 되어 있었고, 디자인 제품은 계속 재고가 쌓인 상황이었어요.

한 번 틀어진 운영을 바로잡기가 힘들더라고요. 월세를 내지 못하는 상황이 되고, 훌리안과도 서로를 질책하며 매일 싸웠어요. 어차피 안 되는 건 빨리 접고 차라리 조금 더 준비해서 다시 오픈을 하자고 결정했죠. 결국 가게를 접고, 1년 계약한 건물 위약금으로 2달치 월세를 냈어요. 6월에 열어서 11월에 닫았으니 반년쯤 운영했네요.

1년 여행 예산을 얼마나 가져오신 거예요?
사업에는 얼마나 투자하셨나요?

약 3천만 원이요. 1년 동안 남미에서 왕처럼 살아보자 생각했죠. 사업에는 1천만 원 정도 투자했어요. 투자금도 50퍼센트씩 했어요. 둘이 합쳐서 약 2천만 원 정도 쓴 거죠. 앞으로를 위해 아주 비싼 수업을 들었다고 생각하기로 했어요.

처음 시작한 사업, KOMMA

"사업 실패,
다시 직장인으로 돌아가다"

야심차게 시작한 사업은 실패로 끝나고, 콜롬비
아에 온 지 1년이 지났지만 소연 씨는 한국으로
돌아가지 않았다. 칼리에서 살사를 추며 여행자
로 지냈던 순간도, 6개월 동안 사업을 했던 추억
도 잠시 넣어둔 채 그는 다시 직장인의 생활을 선
택했다. 콜롬비아에서 한국계 회사의 현지 채용
으로 다시 회사원이 된 것이다.

왜 다시 직장인이 되기로 하셨나요?

돈이 없기도 했고, 사업이 그렇게 즐겁지는 않다는 걸 깨달았어요. 직장은 퇴근이 있지만 사업은 퇴근이 없잖아요. 그러다 한국 광고회사가 콜롬비아에서 디자인 업무를 할 직원을 뽑는다는 소식을 들었어요. 안 그래도 사업에 회의가 생기고, 돈도 없고, 제가 한국에서 프로모션 업무를 했지만 부족한 부분이 디자인이었는데, 이 일을 맡으면 또 한 번 성장할 수 있겠다는 생각이 들었죠.

'자유롭게 살았는데 어떻게 다시 회사에 들어가지'라는 생각도 들었어요. 원래 회사를 다니다가 사업을 해야 하는데, 반대로 하니까 약간 사회에 지는 느낌도 들었고요. 하지만 안정적인 생활에 대한 욕심도 생기는 시점이었어요. 소속이랄까. 한편으로는 한국처럼 일한다면 안 하고 싶었어요. 한국에선 광고주가 새벽에 연락해도 다 받아야 하잖아요. '한국과 똑같으면 어떻게 하나'라는 두려움에 출근 전날까지도 고민했죠.

출근해보니 어땠나요? 스페인어에 대한 부담도 있을 것 같은데요?

회사에서는 모두 스페인어를 써요. 다행히 저도 스페인어로 회의할 정도는 돼요. 한국인 비중은 약 10퍼센트고요. 한국 회사는 되게 조용하잖아요. 여기는 사무실에서 음악도 틀어놓고 사람들이 "깔깔깔깔~" 하고 웃어요. 가끔 짜증도 나지만 긴장감은 확실히 적죠.

업무량이나 근무 환경이 한국과 달라요. 더 자유롭고 스트레스가 적어요. 한국은 업무 외에 상사 기분이나 회식, 또 퇴근 눈치까지 신경 쓸 게 많잖아요. 여기는 그걸 다 잘라낸 거예요. 일만 하고 퇴근 시간에 집에 가면 돼요. 남미 특성상 하청업체가 마감을 잘 지키지 않아요. 그래서 전체적으로 업무 마감이 안 지켜져도 이해가 되는 분위기도 있어요.

콜롬비아에서 살면서 '이런 점은 참 좋다'고 생각하는 것이 있나요? 한국보다 기회가 많아요. 우리나라는 돈 없고 백 없는 젊은이가 새로 무언가를 시도하기 어려운 구조잖아요. 근데 여기는 아직 성장해야 할 부분이 많아서 가능성이 더 있어요. 남미라고 하면 술 먹고 놀 것만 같은데 여기 사람들도 감각 있고, 일 정말 열심히 해요. 한국처럼 빠릿빠릿하지는 않아도요. 물론 콜롬비아가 교육 수준이나 마약과 같이 아주 크고 오래된 문제가 있지만 열심히 일할 인력은 있어요. 잘 정비된 지역도 있고, 돈 쓸 사람들도 있고요.
그리고 중요한 건, 여기에서는 일만 하지 않아도 되는 사회적 분위기가 있어요. 돈을 적게 벌더라도 즐겁게 사는 것이 이 나라 대부분 사람들의 인생관이고요. 그러다 보니 사실 업무적으로는 마감도 안 지키고, 변명이 많아서 제 입장에선 답답하지만, 그렇기 때문에 저도 조금씩 유해지고 일과 삶의 균형을 잡을 수 있는 게 사실이에요. 아침 7시까지 출근하는 게 힘들기는 하지만 오후 5시면 딱 끝나서 폴댄스도 추러 가고요. 한국이었으면 상상도 못했겠죠. 돈을 적게 벌더라도 즐겁게 사는 게 이 나라 사람들의 인생관이에요.

회사 할로윈 파티에서 팀원들과 함께

소연 씨가 바라본 콜롬비아는 어떤 나라인가요?

직설적이고 솔직한 나라예요. 서로 나이를 따지지 않아서 클럽에는 70, 80대도 있어요. 노인도 젊은 사람과 함께 살사를 추고 즐기면서 살아요. 일할 때도 상하관계가 별로 없어요. 일도 하고 싶을 때 하고, 억지로 하지 않아요. 예전에 인터넷 설치를 신청했는데 기다려도 안 오는 거예요. 연락해보니 설치기사 휴대폰이 꺼져 있더라고요.

치안 때문에 생활이 불편하지는 않나요?

밤에는 절대 혼자 안 나가요. 클럽 갈 때는 친구랑 택시 타고 가고, 휴대폰은 밖에서 잘 안 꺼내요. 훌리안이 예전에 시내버스를 탔는데 남자 둘이 총과 칼을 들고 와서 버스를 다 털어 갔다고 해요. 위험한 지역은 정말 안전하지 않아요. 여기선 털리면 안 쫓아가요. 더 큰 해코지를 당할 수 있으니까요. 사실 보고타만 그런 게 아니라 남미 대도시는 다 그런 것 같아요.

사실 저는 위험하다는 나라도 많이 가봤고, 하지 말라는 일도 나서서 하는 스타일이라서 '무슨 일 생기면 생기는 거겠지'라는 생각이었는데 얼마 전에 완전히 생각이 바뀌었어요. 최근에 친구와 쇼핑몰의 영화관에 갔어요. 친구가 휴대폰을 잃어버려서 경찰서에 들르는 바람에 영화관에 조금 늦게 도착했는데, 그때 쇼핑몰에서 폭탄이 터졌어요. 정말 오싹하고 무서웠어요. '아…. 내가 콜롬비아에 있구나. 조심해야겠다' 하며 다시 생각했죠.

밤에 혼자 산책도 하고 싶고, 맥주도 마시고 싶은데 그게 안 돼요.

남미를 꿈꾸는 분들께 겁주고 싶은 건 아니지만 작은 일부터 큰일까지 '아차' 하는 순간이 생길 수 있으니 조심해야 해요.

앞으로의 계획은 뭐예요? 한국으로 돌아갈 생각도 있나요?

영주권을 딸 생각도 있어요. 한국에 돌아갈 계획은 없지만 자주는 가고 싶어요. 얼마 전에 한국을 다녀왔는데, 엄마가 콜롬비아에서 배운 살사를 보여 달라는 거예요. 그래서 한 번 췄더니 다들 일어나 따라 추더라고요. 콜롬비아 가족처럼 밤늦게까지 술도 마시고 같이 살사도 췄어요. 한국에 있는 시간이 너무 소중했고 떠나는 날에는 다 같이 많이 울었죠. 새삼스럽게 가족의 소중함을 다시 느꼈어요.

그런데 아직 한국으로 갈 타이밍은 아닌 것 같아요. 이미 한국에서 큰 결정을 했잖아요. 그런 만큼 무언가를 이루어 내고 싶다는 욕심이 있어요. 그리고 솔직히 다시 한국의 무한 경쟁, 무한 야근으로 들어가는 것이 겁나기도 하고요.

이제 굳이 누군가를 위해서 일하고, 부모님을 위해서 사는 게 아니라 기회가 오는 대로 계속 흘러가보고 싶어요. 지금 하는 일이 좋으면 계속 일할 수도 있고, 회사를 다시 그만둘 수도 있겠죠. 어느 정도 더 경험이 쌓이고 예산이 축적되면 다시 한 번 사업을 시도해 볼 수도 있고요. 아직 어린 나이지만 전 이기적으로 살고 싶어요. 한국 떠나면서 생각했던, 제 인생의 좌우명인 '치열하게 행복하자'처럼 행복을 위해서는 뭐든 하고 싶어요.

211

이민을 추천하시나요?

콜롬비아도 좋고, 다른 나라도 좋은데 이민이라는 게 뭔가 불만이 있어서 오는 경우가 있잖아요. 근데 다른 나라에 가면 또 다른 불만이 생기기 마련이거든요. (남미는) 사람들이 책임감도 적고 시간 개념이 없어서 짜증나는 일이 많아요. 인생이 예상하지 않은 방향으로 가게 될 수도 있고요.

물론 한국에 산다면 커리어도 쌓이고, (상대적으로) 편안하고 안정적인 삶을 살 수 있겠죠. 하지만 지금까지 쌓아온 것들을 버릴 만큼 욕심이 있고, 사방에서 불어올 예상치 못한 일에 부딪칠 패기가 있다면, 한 번쯤 흘러가보는 것도 좋은 것 같아요. 순수하게 자기가 집중하고 싶은 일을 해볼 수 있는 기회가 생길 수도 있으니까요.

저는 정말 이렇다 할 목표 없이 '인생에 다른 문을 열고 싶다. 흘러가듯이 모험을 하고 싶다'는 말도 안 되는 생각으로 왔는데 흘러가다 보니 오늘까지 왔네요. 제 개인적으로는 콜롬비아에 온 게 인생에서 가장 잘한 일인 것 같아요. 후회하지 않아요. 제 바람대로 이기적인 삶을 영위하기엔 여기가 맞는 것 같아요.

까르따헤나 여행 중에

우리 여행이 끝날 즈음엔 소연 씨가 한국으로 와 있지 않을까 생각
했다. 일주일도 안 되는 짧은 기간 동안 보고 들은 보고타는 생각
보다 더 무섭게 다가왔기 때문이다.

책이 나온다는 소식을 전했을 때, 소연 씨는 여전히 보고타에 있었
고 쿠바에서 휴가를 즐기며 우리에게 회신을 보냈다. 역시나 우리
의 걱정은 기우일 뿐이었다. 안심이 되는 한편, 괜한 걱정을 했다
싶었다.

만났던 수십 명의 인터뷰이 중 소연 씨는 나중이 제일 궁금한 사람
이다. 이민자 대부분의 엔딩이 '그래서 그들은 안정적으로 행복하
게 살았습니다'라고 예상되는 반면 소연 씨의 엔딩은 생각지도 못
한 이야기가 펼쳐질 것 같기 때문이다. 우리의 기대를 뛰어넘을 것
같은 그녀의 후반전을 언젠가 다시 들을 수 있기 바란다.

보고타 볼리바르 광장
광장 근처 골목길

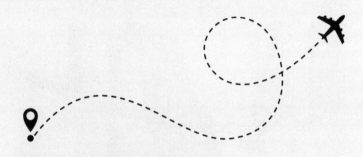

Sydney
Australia

"평생 '을'로
살고 싶지 않아."

무엇보다 소중한
내 삶의 여유를 만끽하다

호주
시드니

많은 사람들이 이민을 가면 한국의 커리어를 포기하고 새로운 직업으로 출발해야 한다고 생각한다. 하지만 한국에서 웹 기획자로 일했던 심소연 씨는 호주에서도 이전의 경력을 살려 업무 연관성이 있는 UX 디자이너로 취업하는 데 성공했다. 호주에 정착한 후 부모님까지 함께 살고 있는 그녀의 호주 이야기를 들어보자.

심소연

거주지   호주 시드니

직업   UX 디자이너

체류기간   13년

2000년~2004년 웹 에이전시 근무

2004년 영주권 취득, 호주 시드니 도착

2004년 의류업체 입사

2008년 부모님 시드니 도착(기여제 부모초청 비자)

2010년 제약회사 입사

2016년 화이자 입사

219

"내 삶의 여유가
너무나 간절했기에"

강압적인 회식과 조직문화에 넌더리가 난 소연 씨는 1999년 친척이 살고 있는 호주에서 열흘간의 꿈같은 휴가를 보냈다. 짧았지만 강렬했던 호주 생활은 계속 머릿속에 맴돌았고 야근을 밥 먹듯 하는 에이전시에서 '을'로 살아가던 그녀는 호주 이민을 결심했다.

호주 이민을 처음 고민하게 된 계기가 있나요?

저희 때는 어학연수가 흔하지 않아서 해외여행 한 번 가본 적이 없었는데, 큰아버지와 고모가 시드니에 살고 계셨어요. 1999년 추석 연휴에 열흘 휴가를 쓰고 친척도 볼 겸 시드니에 놀러 왔어요.

사촌 언니들이랑 놀고 캔버라 여행도 가고 열흘 호주 생활을 하면서 '호주에서 사는 것도 괜찮겠다'는 생각을 했어요. 호주는 한국과 달라 보였어요. 저녁엔 항상 가족이 모여서 밥을 먹고, 여유 있어 보이고, 스트레스도 별로 없어 보이고요.

어떤 열흘을 보냈기에 그런 생각이 드셨어요?

회사 생활이 너무너무 힘들었어요. 저는 술을 거의 못 마셔요. 근데 당시 술을 못 마시는 사람은 회사 생활이 굉장히 힘들었어요. 저희 직장에 나이 드신 분들이 많아서 그런 스트레스가 많았어요. 일은 일대로 힘들던 차에 호주를 오니까 너무 여유롭고 그 스트레스가 안 보이는 거예요. 그래서 그때부터 호주 이민을 생각하기 시작한 거죠.

이민을 결정한 이유는 뭔가요?

전 사람들과 술 마시고 밤 문화를 즐기는 스타일이 아니에요. 제 라이프스타일이 '한국보다는 외국이 맞겠다'고 생각했어요. 또, 한국에서는 제 미래가 그다지 보이지 않았어요. 제가 영문과를 나왔어요. 사람들은 영문과 나오면 뭐든지 할 수 있을 것 같다고 생각하지만, 실제로 사회에서 뭘 하기가 되게 애매한 과예요.

한국은 체력과 정신력이 굳건하지 않으면 버티기 힘들어요. 그렇게 일하더라도 여성에게는 기회가 적기도 하고요. 저는 결혼해서 가정을 갖는 것보다는 제 일을 하는 것이 우선이었어요. 그럼에도 불구하고 결혼을 한다고 생각했을 때 가정일과 직장일을 동시에 할 용기가 없었어요. 그래서 이민을 결심하게 됐고요. 혼자 자라서 그런지 모르겠는데 겁도 좀 없는 편이에요. '호주에 가서 한번 살아볼까' 그런 생각부터 시작한 거었어요.

한국에서 웹 기획자로 일할 때는 어떤 삶을 살았나요?

웹 에이전시(웹사이트 등 제작·운영 대행사)에서 일할 때는 아침 6, 7시에 나가서 온종일 일하고 저녁까지 먹고 밤 9, 10시에 퇴근했어요. 집은 거의 잠자러 가는 데였죠. 야근을 정말 정말 싫어했는데 어쩔 수 없잖아요.

가끔 저녁을 안 먹고 일하고 7시 정도에 퇴근했는데, 그것도 눈치를 되게 많이 봤어요. 상사가 불러서 (뭐라고) 얘기하고요. 그렇게 살았어요. 에이전시 업무가 대부분 그렇죠.

'내가 5, 10년 후에도 이 회사 혹은 이 업종에 있으면
이런 삶을 살겠구나'라는 생각을 한 건가요?

네. 99년에 호주 왔다가 이민 생각을 시작했고요. 웹 에이전시에서 일하면서 '가야겠구나'라는 생각을 확고하게 굳히고, 2001년부터 본격적으로 이민 준비를 시작한 거예요.

이민을 위해 어떤 것부터 준비하셨어요?

이민 박람회가 있더라고요. 거기 가서 이주공사 분들에게 여러 이민 종류에 대한 설명을 듣고 인터넷으로 알아보기 시작했어요. 호주 이민성 사이트에도 계속 들어가고요. 호주에 있는 이민 법무사에게 연락해서 준비해야 할 것과 가격 같은 걸 계속 업데이트했어요. 처음에 정보 모으는 것부터 시작했어요. 정책도 자꾸 바뀌니까 본인이 많이 찾아보는 게 제일 중요해요.

　　호주에서의 처음 시작은 어땠어요?

일주일 정도 큰아버지 집에 있다가 아파트 렌트를 구했어요. 그리고 6개월 동안 정부가 운영하는 영주권자 대상 어학원을 다녔어요. 일자리는 계속 알아봤지만 영어가 안 되니까 지원할 엄두가 안 나는 거예요.

영문과를 나왔음에도 여기 영어를 못 알아들었어요. 제가 배운 발음이랑 호주 사람들 발음이 너무 다르더라고요. 겨우 겨우 몇 마디를 하는 수준? 기본적인 것부터 안 되니까 되게 자괴감이 들었어요. 물건 사는 건 쉽지만 업무를 하는 건 너무 다른 얘기니까요.

　　그래도 호주 도착하고 8개월 만에 취업을 하셨네요?

어학원을 다니던 중에 밸리걸에서 직원 모집하는 걸 봤어요. 호주 패션회사인데 대표가 한국 사람이고 한국 직원이 대다수였어요. 한국에서 일하던 웹 기획 업무는 아니었지만, 일단 일을 해야겠다 싶어서 '재고 관리', '머천다이징' 직무에 지원했어요.

"호주에서 UX 디자이너로 자리 잡기까지"

이민을 결심한 소연 씨는 3년간 천천히 이민을 준비했다. 2002년 그녀는 웹 기획자로 일한 경력으로 독립기술이민(마케팅)을 신청했다. 시드니에 사는 친척들의 스폰서 점수도 도움이 됐다. 2004년 기다리던 영주권을 손에 쥔 그녀는 바로 시드니에 도착했지만, 경력으로 취업할 수 있을 거라는 기대는 빗나가고 말았다. 문제는 영어였다.

지금 회사로 이직한 이유가 있으신가요?

밸리걸에서 한국인이 운영하는 웹 에이전시로 이직을 했어요. 하지만 한국에서도 그렇고 호주에서도 웹 에이전시에서만 오랫동안 일하다 보니 클라이언트 쪽에서 일하고 싶은 생각이 많았어요. 그래서 호주 로컬 회사를 목표로 이력서를 많이 넣었어요.

어느 업종이든 디자인 분야는 다 지원했어요. 일처럼 하루에 10 군데씩. 100군데 정도 보내면 10군데 정도 연락이 왔어요. 면접은 20~30번 정도 본 것 같아요. 그러다 한 제약회사에서 연락이 와서 2010년부터 UX 디자이너로 일했죠.

한국에선 웹 기획자였는데 호주에선 UX 디자이너로 일하시네요.

호주엔 웹 기획자라는 게 없어요. 프로젝트 매니저가 있지만 달라요. 그래서 여기선 디자이너를 해야겠다고 생각했어요. 한국에서 기획자 되기 전에 웹 디자인도 배웠고 디자인에도 관심이 많았거든요. 예전엔 웹 디자인이 웹 사이트를 세련되고 예쁘게 만드는 거였다면, 지금은 사용자 데이터에 근거해서 웹 사이트를 디자인하잖아요. 데이터 리서치해서 어느 부분에 어느 콘텐츠를 넣어야 하고, 그 콘텐츠가 어떻게 보이게끔 디자인하는 게 UX 디자이너의 일이거든요.

UX 디자인은 데이터, 마케팅도 봐야 하고, 같이 아우르는 게 많기 때문에 기존에 하던 기획 일이 많이 도움이 돼요. 호주와 한국은 웹 디자인 트렌드가 달라서 이곳에 맞는 디자인을 익히기 위해 꾸준히 유럽의 웹 디자인을 벤치마킹했어요.

제약회사부터는 완전한 호주 회사였는데요.

일해 보니 한국 회사와 다른 점이 있었나요?

일단 매니저라고 '매니저님' 이렇게 부르는 거 없이 서로 이름으로 부르고요. 상하의 개념도 별로 없어요. '뭘 해야 한다. 몇 시까지 뭘 해라'라는 마이크로 매니지먼트(세세한 업무 지시)가 없어요. 프로젝트를 큰 단위로 '네가 알아서 쪼개서 하라'고 믿고 다 줘요. 만약 결과물이 안 나왔을 경우엔 의논을 하지만 큰 틀만 던져줘요.

여기 회사들이 경력직을 선호하는 이유예요. 경력으로 온 사람은 자기가 알아서 스케줄 짜서 일하기 때문에 조직이 '타이트'하게 되지 않죠.

지금 회사의 업무 강도는 어느 정도인가요?

한국과 비교해서 확실히 적은 편이에요. 회사에 업무 강도를 담당하는 팀도 있어요. 예를 들어 이 직원이 업무가 과중하거나 스트레스가 많은 것 같으면, 매니저급이나 인사과에서 조절해줘요. 호주의 근무 환경은 직원이 가장 효율적으로 업무를 진행할 수 있도록 지원해서, 최대한의 결과를 내는 데에 목적이 있어요. 여기서의 지원엔 직원의 복지도 포함된 거예요.

실제로 업무를 하는 데에 있어 무리하게 요구하는 경우가 거의 없어요. '인하우스(클라이언트)'도 웹 에이전시에게 무리한 스케줄을 요구하기보다는 적절하고 충분히 상호 간에 이해 가능한 스케줄을 서로 협의해서 맞춰나가요. 이 업무가 보통 몇 주 정도 걸리는지 머릿속에 있으니까 다 이해를 하죠.

© 심소연

© 심소연

회사 연말 파티장에서 직장 동료와
포트 스티븐스의 한 리조트에서

중요한 건 이렇게 일을 하더라도 웹 사이트를 제작하는 기간이 한국과 비교해서 절대 길지 않다는 거예요. 업무의 집중도나 효율성의 차이가 있을 수도 있겠죠.

집중력 있게 일한다는 얘기인가요?

그렇죠. 여기는 중간에 쉬는 게 없어요. 한국에서 일할 때는 중간에 어디 나가서 얘기도 하고 커피도 마셨는데 여기는 그런 시간은 없어요. 물론 그런 시설은 되어 있지만 잘 가지 않아요.

저희도 9 to 5(오전 9시 출근, 오후 5시 퇴근)지만 업무 시간이 중요한 게 아니라 스케줄에 맞게 업무가 완료되는지가 중요해요. 그래서 개인이 스스로 시간 배분을 하고 집중해서 효율적으로 일을 하죠. '워라밸'이 잘 되어 있기 때문에 집중도도 그만큼 높아지는 것 같고요.

휴가는 얼마나 쓸 수 있나요?

연차(Annual Leave)가 1년에 4주예요. 이 휴가 시스템은 호주에 있는 거의 모든 회사가 동일해요. 화이자라서 그런 것도 아니고 에이전시라 다른 것도 없어요. 그리고 아프다거나 일이 있으면 10일의 '개인 사유에 따른 휴가'(Personal Leave, 병가 등 포함)를 쓸 수 있어요.

더하면 1년에 38일 정도 쓸 수 있는 거죠. 휴가를 쓸 때는 보통 최소 한 달이나 두세 달 전에 매니저와 상의를 해요. 안 된다고 하는 경우는 거의 없어요.

한국에 있을 때와 비교하면, 제일 만족하는 게 뭔가요?

회사 생활 자체에 스트레스가 별로 없다는 거요. 업무 끝나고 회식을 가야 하는 스트레스, 저녁을 먹지 않고 퇴근하면 받아야 하는 눈치, 과도한 업무량에 대한 스트레스. 그런 게 전혀 없으니까 회사 생활하는 데 제일 만족해요. 개인 시간이 늘어서 운동이나 여가 생활을 즐길 수 있는 여유가 많아졌고, 휴가 사용에 제약이 없어서 여행을 많이 다닐 수 있게 됐어요.

그다음엔 급여요. 제가 한국에 있을 때는 이 정도를 받을 거라고 생각 안 했어요. 그리고 한국에선 여성으로서 받을 수 있는 연봉이 한계가 있지만, 여긴 비교적 남녀 수준이 비슷한 편이고 연봉 수준도 한국보다 높아요. 물론 연봉이 높을수록 세율도 높지만 세금을 많이 내더라도, 그 이상으로 혜택을 받는 게 많으니까 경제적으로도 괜찮아요.

세금은 얼마나 내나요?

예를 들면 한 달에 1,000만 원을 받는다면 세금으로 300만 원 정도 내요. 소득별로 세율이 달라서 소득이 적으면 세금도 적게 내죠. 저는 여기 살면서 '정말 힘들다'는 생각을 해본 적은 없어요. 그만큼 혜택도 많이 주니까요. 의료는 거의 무료예요. 내시경이나 CT 촬영도 다 무료로 받을 수 있고요. 치과, 안과는 예외지만 다른 부분에서 혜택이 많고 부모님도 기초연금(Age Pension)을 받고 계세요.

"불필요했던 우려,
만족스러운 부모님의 이민생활"

소연 씨는 지금 시드니에서 부모님과 함께 살고 있다. 그녀의 부모님은 2008년 기여제 부모초청비자를 받아 호주로 이주했다. 현재 두 분은 호주의 풍부한 복지정책 덕에 적지 않은 기초연금을 받고, 무상의료의 혜택도 누리고 있다.

직접 부모님에게 같이 살자고 제안한 건가요?

부모님도 저처럼 술을 잘 못 드세요. 여기서 운동도 많이 하고 놀러 다닐 수 있으니까, 한국에서 생활하시는 것보다 여기가 잘 맞겠다 싶은 생각도 있었고요. 부모님도 저 하나 보고 오신 거죠. 또 친척들도 계시니까요.

제가 이민을 결심할 때 이미 부모님도 호주에 오실 생각을 하고 계셨어요. 그래서 차근차근 기다리면서 준비를 하셨죠.

　　　호주에 오시는 데 얼마나 걸렸어요?

일반 부모초청은 5~10년을 기다려야 하는데, 기여제 부모초청을 신청해서 1년 10개월 정도 걸렸어요. 이 둘은 다른 카테고리라 할당 인원도 달라요. 지금은 기여제 부모초청도 신청자가 워낙 많아서 3년 정도 걸린다고 알고 있어요.

　　　기여금을 얼마나 내야 하나요?

2008년에 저희 부모님은 두 분이 약 7만 5,000달러를 냈어요. 지금은 거의 10만 달러 가까이 되는 걸로 알고 있어요. 그래도 빨리 진행되니까 많이 신청하죠.

　　　부모님이 영어를 따로 공부하셨나요?

호주에 와서 정부 어학원을 다니셨어요. 그 전에는 못하셨죠. 부모님도 어떻게 보면 은퇴 후의 생활이 '한국에선 답이 없다'고 생각하신 거예요. 한국에서 집만 있다고 살 수 있는 건 아니잖아요. 결국은 노후에 자식에게 기댈 수밖에 없는 상황이 되다보니 호주의 기초연금과 복지혜택이 매력적으로 다가온 거죠. 큰아버지와 고모가 살고 계셔서 여러 혜택이 있는 걸 알고 있었으니까요.

은퇴 후라도 생활비 정도는 마련할 경제활동을 해야 하지 않나요?
제가 정규직으로 계속 일하고 있었기 때문에 경제적으로 힘든 건 별로 없었어요. 그래서 그냥 용돈 버는 수준으로 일하신다고 했는데, 실제론 며칠 일해도 한국에서 정규직으로 일하는 만큼 받으셨어요. 한국보다는 임금이 세니까요. 한인 업체에서 배달 같이 소소한 아르바이트를 하면, 일주일에 3일 일해서 한 달에 200만 원 가량 버니까 본인 용돈 정도는 되는 거죠.

부모님도 생의 마무리를 호주에서 하겠다는 생각으로 오신 건가요?
네. 초반에는 경제적인 문제나 영어 때문에도 어려움이 있었지만요. 제 생각에는 그런 어려움은 한국에서 겪는 어려움보다 심하다고 생각하지 않아요. 어딜 가나 그런 건 다 있잖아요.
호주의 기초연금은 2주에 최고 680달러 정도 받아요. 한 달로 계산하면 부부는 약 3,000달러 정도를 받을 수 있어요. 개개인 별로 소득수준이나 재산 정도에 따라 차등이 있지만 그 정도면 충분히 두 분이 생활하실 수 있어요.

> 기초연금은 (국민연금과 달라서) 연금 보험료를 냈느냐와
> 상관없이 받는 거죠?

상관없어요. 제가 아는 분은 여기서 단 한 번도 경제활동을 하신 적 없는데 다 받으세요. 영주권자 이상부터 일정 수준의 거주기간, 소득과 자산 기준이 되면 받을 수 있어요. 집 가격 등 자산에 따라 차등을 두고, 따로 개인연금이나 부동산 렌트비 같은 수입이 있으면 마찬가지로 차등 지급해요.

> 자녀와 함께 살더라도, 소연 씨 소득을 합산하진 않아서 (부모님이)
> 기초연금 자격이 된 건가요?

함께 거주하더라도 여기서는 가족 수입으로 보지 않기 때문에, 제 수입은 부모님 기초연금과 관련이 없어요.

> 부모님이 오셨을 때부터 같이 사셨어요?

네. 여기는 렌트비가 워낙 비싸서 따로 살면 돈을 못 모아요.

> 집값이 어느 정도인데요?

천차만별인데 '투 베드(Two-Bedroom)' 정도가 한 주에 600, 700달러니까 한 달로 치면 2,800에서 3,000달러? 한 달에 250만 원 정도예요. 비싸죠. 한국에서 월세 250만 원이면 압구정 같은 곳이겠지만 여기는 보통 그 정도예요. 저도 힘들어서 집을 빨리 샀어요. 여기는 직장이 있으면 대출을 받을 수 있으니까, 대출 끼고 집을 사는 게 렌트보다 훨씬 싸요.

대출 이자가 렌트비보다 훨씬 저렴하기 때문에 많은 사람들이 주택을 구입하고 있어요. 가능하면 집을 빨리 구입해서 가족이 함께 모여 살면 저축은 금방 할 수 있어요.

두 분이 심심하다고 말씀하진 않나요?
솔직히 언어적인 것 빼고는 다 만족하시는데 이제는 언어도 알아듣기는 다 알아들으세요. 여기에 친척 분도 여럿 있고 한국 방송도 다 보시고요.

크루즈가 정박하는 시드니 서큘러 키(Circular Quay)

"한국보다 편한 삶을
보장하진 않더라도"

많은 이민자들이 하는 공통적인 조언이 있다.
"사는 건 어디나 다 똑같다"는 얘기다. 한국에서
도 노력하지 않으면 사는 게 어려운 만큼 외국에
서도 마찬가지다. 오히려 의사소통이 원활하지
않아 더 많은 노력이 필요할 수도 있다. 심소연
씨는 "한국보다 편하고 안락한 삶을 위해 오신다
면 이민을 추천하지 않는다"고 말했다.

한국 이민자들이 많이 하는 업종은 어떤 게 있어요?

자본이 없고 영어를 못하면 주로 청소, 페인팅 같은 업종을 많이 하고요. 돈을 좀 가지고 오시는 분들은 스시집, 가게, 식품점을 해요. 영어가 되거나 여기서 대학을 졸업하면 회계사를 하거나, 오피스잡(사무직)으로 취직하는 분도 꽤 있어요. 저희 회사에도 한국 사람이 3명 정도 더 있어요.

호주의 이민 정책은 어떻게 바뀌고 있나요?

호주 사람들이 기술직에 약해요. 사회가 어느 정도 운영되려면 기술직 분야에도 사람이 필요해서 그런 쪽을 계속 뽑는 거예요. 기술이 점점 전문화되잖아요. 의사 쪽도 세부 분야 쿼터를 늘리고, IT도 옛날에는 뭉뚱그려서 프로그래머였다면 지금은 자바 프로그래머, 데이터베이스 전문 관리, 이런 식으로 세분화하는 추세예요.

디자인 분야는 정확히 모르겠는데, IT는 영주권 받는 게 어렵지 않아요. 제가 아는 분도 금방 따서 오셨어요. 전문 인력을 더 영입하려고 독립기술이민 쿼터는 오히려 점점 늘리고 있어요.

대신 부모초청의 경우는 호주 정부에서 봤을 땐 그다지 필요한 인력이 아니잖아요. 그래서 그쪽은 점점 힘들게 만드는 거예요. 457 비자도 기술직 영입하려고 만들었는데, 동양인들이 식당 차려 놓고 편법을 많이 쓰니까 줄이는 거고요.

호주 이민을 추천하시나요?

영주권을 받을 수 있다면 추천해요. 받을 수 없다면 시도를 안 하시는 게 나을 것 같아요. 여기서 영주권 없이 살면서 고생 많이 하는 걸 봤어요.

추천하는 이유는 연금, 무상의료, 무상교육 같은 사회보장제도가 잘 되어 있어서인가요?

그것도 있고요. 호주는 (취직을 하면) 임금이 세고 워라밸이 보장되어 있기 때문에 경제적인 어려움 없이 내가 원하는 삶을 살 수 있어요. 삶의 질이 좋아요.

사전 인터뷰에서 '한국보다 더 나은 삶을 살겠다는 마음으로 온다면 찬성이지만, 한국보다 편하고 안락한 삶을 위해 오신다면 반대'라고 했는데 좀 더 설명해주세요.

'호주에 가면 좀 편하게 살 수 있을까' 하는 생각으로 이민을 택해선 안 된다고 얘기하고 싶어요. 내가 말도 안 통하는 외국에 나가서 편하게 살 생각을 한다는 것 자체가 그 사람은 이민을 생각해서는 안 되죠.

사람 사는 데는 어디나 똑같아요. 내가 노력하지 않으면 어디든 살기는 힘들어요. 한국도 똑같고요. 내가 노력을 안 하는데 나한테 무슨 기회가 오겠어요. 여기도 마찬가지거든요.

'사전 조사를 해야 하지만 한계도 있다'라고 하셨는데요.

이민을 오려는 분들은 꼭 여기 와서 한 달이나 그 이상 살아보면 좋아요. 가서 겪어봐야 내가 어떤 게 필요하고, 어떤 게 힘들고, 어떻게 해결해야 하는지를 알 수 있죠.

'가보니까 직장 구하는 게 어려워', '청소 일은 많대', 남에게 그렇게만 듣고 판단하고 오는 분들은 실패하는 경우가 많아요. 여기서 잘 안 되는 케이스는 너무 많은 기대를 하고 왔거나, 쉽게 생각하고 왔거나, 한국에서처럼 생활하려는 분들이에요. 다 접고 다시 돌아간 분들 많이 봤어요.

한국처럼 생활하려는 건 뭔가요?

저녁에는 술 마시러 나가야 하고, 한국 음식만 먹어야 하고, 한국 사람들만 만나려고 하는 거요. 호주 사회를 받아들이지 않으려는 분들은 어려워요.

한인 타운에서 한국 사람들만 만날 거면, 굳이 여기에 있을 필요는 없는 거라 생각해요. 영어가 안 되니까 그럴 수도 있는데, 영어가 된다면 쉽게 풀릴 수 있는 부분들이 너무 많아요.

영어가 된다는 건 어느 정도 수준인가요?

네이티브는 되기 어렵죠. 그래도 의사소통이 중급 이상은 돼야 해요. 내 의사표현을 하고 그 사람 의사 전달을 받는 게 거리낌 없이 될 수 있어야 해요.

이민을 고민하는 분들에게 하고 싶은 조언이 있나요?

이민을 결정하셨다면 가장 먼저 해야 하는 게 영어 공부예요. 여기 와서 생활하면 초반에 한국 분들에게 더 정이 가고 그분들과 얘기하는 게 더 편하지만, 호주 사람들도 못지않게 좋은 사람이 많아요. 호주 사회에 들어가려는 노력도 어느 정도 필요해요.

이민 생활이 막 고생만 하거나 너무 힘들기만 하지는 않아요. 내가 하는 만큼의 보상은 충분히 있어요. 제가 겪어본 바로는 안 되는 일보다는 되는 일이 훨씬 많았거든요. 운의 문제가 아니에요. 자기 노력에 따라 많이 결정되는 나라니까 너무 두려워하지 마시고, 무엇보다도 영어 공부는 꼭 하셨으면 좋겠어요.

시드니 타롱가 동물원 옆 브래들리 헤드 산책로에서

소연 씨와의 인터뷰는 시드니 외곽 국립공원에서 진행되었다. 야외 인터뷰는 처음이기도 했고, 이름 모를 새들과 1미터가 넘는 도마뱀을 발견한 덕분에 이곳이 더욱 특별하게 느껴졌다. 소연 씨가 우리를 위해 피크닉 음식까지 준비해와서 우리도 모처럼 휴식 같은 시간을 가질 수 있었다.

일에 지쳐도, 퇴근 후 이런 자연을 만끽할 수 있다면 우리 일상은 한결 더 풍요로워질 것이다. 힘든 순간에도 마음을 다독여 주는 이런 특별함이 소연 씨에게도 위로가 되지 않았을까.

이민을 간다는 건, 한편으론 지금 누리는 많은 걸 포기해야 하는 것이다. 그렇기에 수많은 선택지 가운데 나에게 소중하고, 특별한 가치가 무엇인지를 신중하게 생각해봐야 한다.

높은 빌딩과 숲이 공존하는 시드니 하이드파크

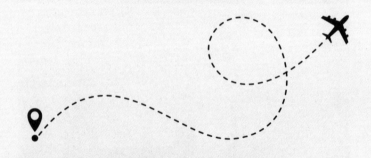

Melbourne
Australia

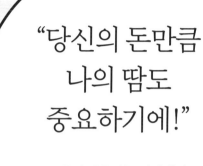

"당신의 돈만큼
나의 땀도
중요하기에!"

노동이 존중받는 나라에서
청소업을 한다는 것

호주
멜버른

영어를 좋아한 재호 씨는 대학을 졸업하고 영어 강사로 사회생활을 시작했다. 외고, 특목고를 준비하는 학생에게 유명했던 어학원에서 영어 강사로 일할 만큼 실력을 인정받았다. 그러다 우연한 기회로 호주 멜버른에 가게 된 그는 당시 여자친구였던 아내와 그곳에 정착하기로 마음을 먹었다.

이재호

거주지	호주 멜버른
직업	청소회사 운영
체류기간	8년

2007년	대학 졸업, 영어학원 강사 시작
2009년	호주 멜버른 도착(워킹홀리데이)
2011년	결혼
2014년	영주권 취득
2016년	아들 태어남, 시민권 취득

"리스크 없는
정직한 직업을 택하다"

청소는 호주에서 한인 이민자들이 가장 많이
하는 직업 중 하나다. 영어를 잘 못해도 할 수
있고, 수요가 많아 일을 구하기도 쉽기 때문
이다. 서울의 4년제 대학을 졸업한 재호 씨는
호주에 오기 전까지 자신이 청소를 업으로 하
게 될 거라고 한 번도 생각해본 적이 없었다.
하지만 청소 일을 직접 경험해보자 꽤 괜찮은
직업이라는 확신이 들었고, 본격적으로 이 일
에 뛰어들었다.

멜버른에서 청소를 해보니 어떤 생각이 들었나요?

나도 부자가 될 수도 있겠구나.(웃음) 한국에서는 자영업으로 살아남기가 쉽지 않은데, 호주에서는 기술 있는 자영업들이 먹고살 만해요.

청소는 어떻게 시작하셨어요?

이삿짐센터에서 일했는데, 거기 사장이 '이삿짐을 옮기면서 나오는 이사 청소를 맡길 테니까 같이 일해보자'고 제안했어요. 청소를 시작한 지는 이제 3년 정도 됐고요. 2년은 이사 청소를 했고, 최근 1년은 집 정기 방문청소(홈 클리닝)를 했어요.

처음엔 노하우가 없어서 많이 고생했어요. 이사 청소하면서 세제를 종류별로 갖다 놓고 여러 시행착오를 겪으면서 터득했어요. 솔직히 이젠 청소 관련 지식이나 노하우는 거의 최고라고 자부해요. 청소 중에 제일 힘든 게 이사 청소예요. 카펫 스팀청소부터 창문청소까지 청소의 종합 결정체죠. 6개월, 1년 동안 쌓인 걸 청소하니 많이 더러워요. 특히 주방, 샤워실은 엄청납니다. 그런 걸 하면서 노하우가 많이 생겼어요.

근데 이사 청소는 이사할 때만 불러서 일이 너무 들쭉날쭉해요. 그래서 고정으로 청소하는 쪽으로 선회했어요. 아내와 둘이서 시작했다가 아내가 임신한 후에는 직원을 뽑아서 일을 했어요. 커머셜 (빌딩, 마트 등) 청소와 집 청소 중에 고민하다가, 청소를 오래 한 형님의 조언으로 집 청소를 2만 호주달러(이하 달러) 주고 샀어요. 하루에 두세 집 정도 하는 거였는데, 지금은 네다섯 집씩 하고 있어요.

청소를 샀다는 개념이 뭔가요?

자기가 확보한 고정 손님을 (돈 받고) 넘겨주는 거예요. 보통 주 1회와 격주 1회가 있는데, 제가 손님 집에 가서 그 시간표대로 청소를 하는 거죠. 집 청소는 쉬운 편이에요. 내가 정기적으로 청소한 곳에 또 들어가니 특별히 힘들 게 없어요.

저는 이사 청소를 한 경험 덕에 손님들의 피드백이 좋아요. 일이 점점 늘어나니까 재밌죠. 또, 손님이 다른 손님을 소개도 해주고요.

주로 어떤 집들을 청소하나요?

중산층 이상이죠. 집이 너무 커서 스스로는 청소를 못해요. 이 사람들이 제 타깃이에요. 그리고 거의 최고가에 가까운 가격을 받아요. 처음엔 비싸다고 하는데 제가 청소한 거를 보면 더 이상 그런 얘기 안 해요. 높은 가격과 높은 품질로 승부하니 싼 가격을 찾는 손님보다는 청소 품질을 중요하게 생각하는 손님 위주로 자연스레 구성되더라고요.

인도 사람들은 시간당 25달러인데 저는 보통 35~40달러 받아요. 두 명이 함께 청소하니 시간당 70~80달러를 받는 거죠. 2시간 반에 200달러 받는 집도 있고, 4시간에 300달러 받는 집도 있어요.

업무 강도는 어때요? 힘들지는 않은가요?

청소하는 사람들은 다 팔이 아파요. 저는 손목, 팔꿈치, 어깨가 항상 아파요. 제가 왼손잡이라고 아는 사람도 있어요. 오른팔이 아파서 왼손으로 청소하는 건데 말이죠.(웃음) 걸레질도 별거 아니지만 하루 6시간 하면 어떨 것 같아요? 이게 (팔이) 나가요. 스팀 청소기가 무겁거든요. 그걸 10시간 가까이 한 적도 있어요. 화장실 청소하는 애들은 손목이 많이 아프다고 하고요.

나이가 50살 이상이 되면 하기 어려운 정도의 강도인가요?
집 청소를 하루에 두세 개만 하면 괜찮아요. 아침부터 슬슬 시작해서 오후 3시쯤 끝나면 나쁘지 않죠. 집 청소일은 부부 둘이 하는 경우가 많아요. 직원을 고용해서 임금 주면 남는 게 없으니까요. 커머셜 청소의 경우 사무실 청소는 쉽고 펍(Pub)이나 바(Bar)는 힘들죠. 아파트 청소도 쉬운 편인데 면적이 넓어 청소기를 많이 돌리게 되면 팔이 아프고, 고될 수 있어요.

영업은 어떻게 하세요?
자석 전단지를 만들어서 뿌리는데 생각보다 연락이 많이 와요. 제 스케줄과 안 맞아서 넣지 못할 정도로요. 홈 클리닝팀을 독립시키고 저는 영업과 직원관리 방향으로 가려고 하고 있어요. 길게 보면 프랜차이즈도 생각하고 있어요.
보통 한국 청소 사장님들은 영어 때문에 직접 영업을 못하고 호주 회사 밑에서 하청으로 일을 하는데요, 저는 직접 영업해서 원청으로 일하는 경우가 대부분이에요.

앞으로도 이 사업을 늘려나갈 생각이세요?

식당을 하고 싶은 욕심이 자꾸 들긴 하는데요. 제가 이 사업을 좋아하는 제일 큰 이유는 적자가 없어서 그래요. 렌트비가 안 나가잖아요. 식당은 장사가 안 될 때도 인건비, 렌트비가 계속 나가요. 청소는 일하는 만큼 인건비를 주고 렌트비는 안 나가요. 적자가 없어서 망하지 않아요.

근데 제가 하는 홈 클리닝은 대박이 없어요. 커머셜 청소를 해야 돈을 제대로 벌 수 있어요. 그래서 저도 조금씩 커머셜 쪽으로 영역을 넓혀가고 있고요.

아파트 이사 청소를 하는 이재호 씨
홈 클리닝 손님에게 생일 선물을 주고 함께 찍은 사진

"세계에서 가장 살기 좋은
도시의 이민자"

한국에선 '호주'라 하면 시드니를 먼저 떠올리지만, 옛 수도였던 멜버른은 시드니와 더불어 호주에서 가장 크고 중요한 도시다. 멜버른은 '세계에서 가장 살기 좋은 도시(World's most liveable city)' 순위에서 7년 연속 1위를 하였다.

또한, 이민자가 많아 다문화가 잘 정착한 도시다. 멜버른에 살았던 지난 8년 동안 그는 한국에서 경험하지 못한 신기한 광경들을 많이 보게 됐다.

호주에 와서 살아보니 처음엔 어땠나요?

호주 와서 5, 6개월 지나니까 '한국 사람들이 너무 불쌍하다'는 생각을 했어요. 전 세계 사람들이 한국 사람처럼 사는 줄 알고 있지만, 실상은 전혀 아닌 거예요. 일주일에 3, 4일만 일하는 사람도 많고요. 회사에서도 전혀 눈치 보지 않고 4주 휴가를 써서 한 달 동안 여행을 가기도 하죠. 직장 잘릴 걱정도 안 하고…. '뭐 이런 게 다 있나' 했죠.

호주에서는 그게 왜 가능하다고 생각하세요?

가장 큰 이유는 교육 때문이죠. 한국은 기본적으로 학교에서 노동자의 권리를 아예 가르치지 않잖아요. 그러니까 법도 모르고 권리도 잘 몰라요.

한국 사람들은 사람들이 당연히 사용자(사장)에게 감사해야 하는 것처럼 생각해요. 노동자가 사용자 편에서 생각을 많이 하니까, 한국 사람들을 쓰기가 좋은 거예요. (사장인) 내가 오히려 노동자 입장에서 생각을 많이 하게 된다니까요.

한국은 권위주의 시대에 압축 성장을 하다 보니까, 노동자의 권리보다는 빨리 자본을 모아서 뭔가를 하는 걸 중요시했어요. 또 (노동법 위반 등) 신고를 해도 별 효과를 못 보는 경우가 많죠. 그런데 호주는 신고하면 사업자가 큰일 나요. 그게 결정적인 차이인 것 같아요.

멜버른은 어떤 곳인가요?

이게 호주 사람의 특성인지, 멜버른 사람의 특성인지 모르겠는데 친절하고 여유로워요. 멜버른은 세계에서 공원이 가장 많은 도시 1위예요. 약자와 소수자에 대한 시선이 다르고 법 같은 건 확실히 지켜야 하고요. (호주에서) 멜버른이 진보적인 곳이라 더 그럴 수도 있어요. 유일하게 녹색당의 지역구 당선자가 있는 곳이거든요.

생활하면서 알게 된 한국과 호주 사회의 다른 점이 있나요?

기억에 남는 게 하나 있어요. 옛날에 긴 머리에 염색, 파마를 했다가 짧게 잘랐어요. 한국 사람들은 "야~ 인물 훨씬 낫다"라고 해요. 호주 사람들은 "멋지다"라고 하는데, "이게 전보다 나아?"라고 물어보면 깜짝 놀라요. '더 낫다'고 하면 '그 전에 별로였다'는 얘기가 되는 거잖아요. '아니, 다른데…. 그때는 다른 매력이 있었는데 지금은 이런 매력이 있어'라고 해요. (어느 게 '낫다'가 아닌) '다르다(Different)'고 답해요. 한국 사람들은 외모에 대한 평가를 너무 쉽게 하는데, 그게 어떻게 보면 상대방에게 상처를 줄 수도 있잖아요.

또 하나는 약자에 대한 배려. 예를 들어서 운전하다가 절뚝거리면서 길을 잘 못 건너는 사람이 있으면 여유 있게 끝까지 기다려주고 가요.

제가 한국에 갔을 때인데요. 아버지가 중풍으로 몸이 좀 불편하신데 신발 끈이 풀려서 가다가 멈추셨어요. 뒤에 차가 있어서 미안하니까 빨리 끈을 묶어줬죠. 그리고 딱 봤는데 운전자가 욕을 하고 있더라고요. 그때 정말 큰 충격을 받았어요.

한국에 오랜만에 간 건데. '와, 얼마나 기다렸다고 욕을 하지?'라는 생각이 들더라고요. 여기는 약자를 따뜻한 시선으로 본다면 한국은 약간 무시하는 게 커요. 확실히 여성, 아기에 대한 대우가 달라요. 한국에선 남의 고통에 별로 공감하지 못하는데, 호주 사람들은 남의 불이익에 되게 분노해요. 사고가 나면 만사를 제쳐두고 자기 일처럼 도와주고요. 큰 사고는 아니지만 제 아내가 교통사고가 난 적이 있어요. 차에 부딪쳤는데, 지나가던 사람이 제가 올 때까지 최소 30분에서 한 시간을 기다려줬어요. 한국에선 경험해보지 못한 거였어요.

사람들이 추구하는 가치관이 다르다고 느껴지는 것도 있나요?
"일을 너무 많이 해서 힘들어"라고 하면 한국 사람은 "좋네~ 돈 많이 벌고"라고 말해요. 그런데 호주 친구들은 "너 그러다가 건강 상하면 어떡해? 그렇게까지 일해야 하는 이유가 있는 거야? 너 경제적으로 힘드니?" 이렇게 물어봐요. 달라요.
한국은 확실히 더 자본주의적이에요. 돈에 집착해요. 호주는 돈 외의 가치를 더 많이 봐요. 그걸 많이 느껴요. 한국은 개발해서 집값 올리자고 하잖아요. 여기는 정반대예요. 집값 오르면 좋지 않으니까, 개발하지 말라고 동네에 붙여놔요. 난개발이 되면 사람도 너무 많아지고 복잡해지는 게 싫은 거죠. 저는 그게 신기했어요.

"호주 이민을
추천하지는 않아요"

재호 씨도 여느 이민자들처럼 정착 초기 3년
은 밤잠을 못 잘 정도로 힘들었다. 주말 마켓
에 나가 찜질팩을 팔기도 하고, 호떡 장사를
하려다 망하기도 했다. 하지만 지금은 그런
어려움을 딛고, 새로운 꿈을 꾸며 안정적인
생활을 꾸려가고 있다.

한국에서 삶과 어떤 부분이 달라졌나요?

여기선 꿈을 꿀 수가 있어요. 월세지만 넓은 집에 살고 있고요. 투
자용 집도 구입했고, 이젠 괜찮은 차도 타고 다녀요. 한국이었다면
꿈도 못 꾸었을 거예요. 또 한국에서는 사람들의 시선(종북, 빨갱이)
으로 힘들었는데 여기는 다문화, 다인종 국가라 편견이 적고 소수
자에 대한 시선이 따뜻해요.

　　왜 한국에 비해서 여유로운 걸까요? 무엇이 달라서?

일단 소득 불평등이 덜하고 임금이 높죠. 한국은 임금 자체도 부익
부 빈익빈이 심하잖아요. 한국은 내가 스스로 살아남지 못하면 큰
일 나는데 여기는 복지제도가 잘 되어 있으니까 최소한은 먹고살
게 해주잖아요.

그리고 노동의 값어치가 커요. 예전에 이사 청소했을 때 일인데요,
블라인드는 청소 안 해도 된다는데 아무리 봐도 해야 할 것 같아서
했어요. 손님한테 그냥 '내 마음에 걸려서 했고 추가비용은 신경
안 써도 된다'고 했더니 아니라는 거예요. 토요일에 추가로 일을
했는데 말이 되냐고 돈을 더 줘야겠다고 계좌번호를 달래요. 두 번
이나 거절했는데도 계좌번호를 달라고 해서 결국 돈을 받았어요.
고맙더라고요.

그 비슷한 시기에 한국 사람이 이사를 나가면서 카펫 스팀 청소를
요청했어요. 스팀 청소 후에 부동산에서 청소를 안 한 것 같다고,
다시 해달라고 컴플레인을 하는 거예요. 안 하긴 뭘 안 해. 그 카펫
자체가 스팀 자국이 안 생기는 카펫이에요.

'제가 잘못한 게 아니라 그냥은 못 해드린다. 최소한 기름 값은 받아야겠다'라고 했더니 손님이 난리를 치더라고요. 이 상반된 일을 동시에 겪으면서 '아, 정말 노동에 대해서 접근하는 관점이 다르구나'라고 느꼈어요. 여기는 '일을 더 하면 돈을 더 많이 받는다'가 당연한 거예요.

한국은 월급제잖아요. 사용자는 이미 한 달 치 돈을 줬으니까 계속 최대한 뽑아먹으려고 한단 말이에요. 야근도 시키고…. 근데 여기는 시간제잖아요. 일 많이 하면 돈 더 많이 가져가요. 그러니 당연히 그렇게 생각하죠.

　　호주는 사무직도 시간제예요?

계약은 연봉이 얼마라고 하는데, 몇 시간 더 일하면 당연히 돈을 더 받죠. 사무직도 다 똑같아요.

　　그게 왜 그럴까요?

아까 말한 것처럼 살아온 환경이 다르잖아요. 교육도 다르고. 분단 문제도 빼놓을 수가 없죠. 약자의 권리를 말하면, 가진 사람들이 빨갱이로 몰아버리잖아요. 그래서 그렇게 되는 것 같아요. 한국의 법이 너무 약해요. 다 사용자 유리하게 판결하지, 노동자 유리하게 판결이 몇 번이나 나요? 재벌들이 돈 떼먹어도 다 나오잖아요. 법도 문제고, 법 집행도 문제고요. 지금까지 친 재벌 정부가 50, 60년을 (집권)한 거잖아요.

근데 여기는 노동당이 제1야당이고 집권도 자주 해요. 노동당은

멜버른 왕립 전시관
멜버른 시내를 다니는 전차

노조에 있던 사람들이 정치인이 되는 경우가 많거든요. 그래서 문화 자체가 달라요. 한국은 레드 콤플렉스가 너무 크게 작용하는 것 같아요.

호주에서 살면서 가장 어려웠던 부분은 무엇인가요?

영주권 받기 전의 불안한 신분과 가난이 가장 어려웠어요. 영주권 받기 전에는 누구나 돈이 없어요. 돈을 벌어도 비자 연장비에 쓰고 변호사비 주고, 학생이라면 학비도 내야 하고요. 호주는 렌트비가 정말 비싼데, 저의 경우 월세가 약 200만 원 정도 되었죠. 압박감 때문에 초반엔 너무 힘들었어요.

게다가 언제든 한국으로 돌아갈 수도 있다는 생각에 불안했어요. 영주권도 못 받고 한국으로 돌아가면 어떻게 살 수 있을지 막막하더라고요. 영어 강사를 다시 하면 밥은 먹고살겠지만 당장 집을 구할 돈이 없으니까요. 호주는 보증금이 한 달 치 월세면 되지만 한국은 최소 천만 원이잖아요

호주 이민을 추천하시나요?

추천 안 해요. 영주권을 받을 수 있다면 추천하겠는데 지금은 너무 어려워졌어요. 결혼비자라면 모를까 지금 새롭게 계획을 세워서 시작하겠다는 건 추천하지 않아요. '3~5년을 투자했는데 영주권이 안 나왔다. 한국으로 돌아간다?' 그러면 답이 없어요. 이민을 갈 거라면 영주권을 줄 수 있는 나라로 가라고 말하고 싶어요.

어느 나라든 이민을 가겠다는 사람에게 조언한다면 두 가지인데

요. 첫 번째가 언어예요. 영어는 무조건 잘해야 해요. 무조건 준비해서 가야 해요. 영어는 비자와 이민 생활의 기본이예요. 제 주변에 이곳에서 잘 사는 사람은 언어에 대한 어려움이 없는 사람들이에요. 그걸 꼭 얘기해주고 싶어요.

두 번째는 가서 돈을 버는 게 최우선이 되면 안 돼요. 가장 빠르고 확실하게 영주권을 취득할 수 있는 장기적 계획을 세워 놓고 하나하나 밟고 지나가야 해요. 그렇게 영주권을 받은 후에 자기가 하고 싶은 식당을 하든 청소사업을 하든 해야지, 그 전에는 돈을 아무리 벌어도 소용없어요. 제 친구가 사업해서 돈을 많이 벌었는데 결국은 영주권 못 받고 한국으로 돌아갔어요. 여기선 월 1,000만 원 이상을 벌었는데 한국에선 월 200만 원 받고 일하더라고요.

　　나중에 한국에 가서 사는 것도 고려하고 있으세요?

아니요. 지금은 없어요. 없는데 저도 할아버지가 되면 모르죠. 다른 건 모르겠는데 한국 산이 참 그리워요. 한국은 산이 참 예쁜데….

호주에서 가장 만나고 싶었던 인터뷰이는 청소와 타일을 하는 이 민자였다. 한국 이민자가 가장 많이 하는 직업이라고 들었기 때문 이다. 재호 씨를 만나 호주의 청소라는 직업에 대해 자세히 듣고 나니 '노동의 대가'를 충분히 인정해주는 나라라는 생각이 들었다.

청소를 해도 꽤 괜찮은 소득이 보장되는 나라. 청소로 시작해 지 금은 건물주가 된 이민자도 꽤 있다고 한다. 청소를 한다고 무시 하거나 깔보지 않는 인식과 문화가 부러웠다. 우리가 한국에서 직 업으로 청소를 선택했다면 사회적으로 어떤 대접(수입, 인식)을 받 았을까?

이제 재호 씨는 "투자용 집도 샀고 괜찮은 차도 타고 다녀요. 여기 선 꿈을 꿀 수가 있어요"라고 말한다. 일은 고되지만 미래가 그려 지니 견딜 수 있는 것이다. 얼마나 걸릴지 모르겠지만 언젠가 한국 도 그런 꿈을 꿀 수 있는 나라가 되었으면 하는 바람을 가져본다.

카페, 식당으로 가득한 멜버른 디그레이브스 스트리트(Degraves St.)

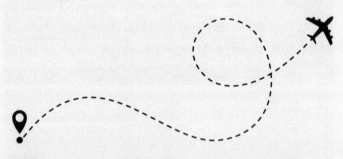

Auckland
New
Zealand

"내 걱정은
NO!"

좋아하는 일을 찾았고,
즐겁게 일하고 있으니까

뉴질랜드
오클랜드

여행을 잠시 중단하고 한국에 돌아와 한겨울의 맹추위에 떨고 있을 무렵, 적도 아래 따뜻한 나라에 살고 있는 인터뷰이가 서울로 여름휴가를 온다는 소식이 들렸다. 처음 인터뷰 신청을 받았을 때부터 꼭 만나보고 싶었던 뉴질랜드 보트 빌더 최재영 씨, 3년 만에 한국을 찾았다는 그를 서울에서 만났다.

최재영

거주지	뉴질랜드 오클랜드
직업	보트 빌더
체류기간	6년

2003년	CCTV 제조회사 입사
2004년	대학 졸업(컴퓨터공학 전공)
2005년 - 2010년	반도체회사 근무
2011년	필리핀 어학연수
2012년	뉴질랜드 도착, 보트 빌더 과정 시작
2016년	요트 제조회사 입사
2017년	영주권 취득

"주중엔 개발자,
주말엔 다이버"

빨리 졸업해 돈을 버는 게 효도라고 생각했던
재영 씨는 대학교 3학년 때 학교 선배가 팀장
으로 일하던 회사에 소프트웨어 프로그래머
(개발자)로 취업했다. 매일 회사에 놀러 가는
기분이 들 정도로 개발 일은 재밌었다. 하지
만 몇 년 후 이직한 새 회사의 조직 문화는 그
렇게 좋아하던 개발 일도 조금씩 싫어지게 만
들었다.

한국에서 직장 생활은 어땠나요?

컴퓨터공학과를 나와서 CCTV 프로그램 만드는 일을 했어요. 아날로그 CCTV가 디지털로 바뀌는 시점인데, 내가 만든 제품이 나온다는 게 재미있었어요. 그러다 몇 달 임금이 체불돼서 반도체 회사로 이직을 하게 됐죠. 처음 2년 정도는 괜찮았는데 회사 생활이 점점 힘들어졌어요.

저는 이직할 때쯤 스쿠버 다이빙을 시작해서, 주말에 항상 다이빙을 하러 갔어요. 회사 사람들과 어울리기보다는 퇴근해서 다이버들과 다이빙에 대해 얘기하는 걸 좋아했죠.

그런데 회사는 주말 출근이나 야근을 자주 하길 바라면서 윗사람과 마찰이 생겼어요. 또 회사에서 라인도 타야 하는데, 전 그런 걸 즐기지 않아서 일이 재미없어지더라고요. 회사를 옮기면 좀 좋아질까 싶어 이직도 고민했는데, 마침 제가 있던 사업부가 없어져서 자연스럽게 정리해고가 됐어요.

　　프로그램 개발은 적성에 잘 맞으셨어요?

개발만 했으면 괜찮았을 텐데 한국의 직장 생활 자체가 안 맞았던 것 같아요. 밥도 다 같이 먹어야 하고, 회식도 필수 참석이었죠. 상사가 할 일이 없어도 '너무 빨리 퇴근하지 말고 책이라도 읽으라'는 거예요. 오후 6시 퇴근인데 5시 넘어서 회의를 잡고….

인사 고과에 안 들어간다고 하지만 이사, 사장이 한 달 동안 야근을 얼마나 했는지 다 봤어요. 사장 마인드가 야근 많이 하면 '오~ 일 잘하네'였어요. 결과보다 과정을 중시해서, 결과물이 안 좋아도 회사에 죽치고 있으면 일 잘하는 거였죠. 야근을 안 하는 게 일 잘하는 거 아닌가요?

근데 어쩌다가 보트빌더가 될 생각을 한 거예요?
제가 다니던 다이빙숍 사장님이 조그마한 요트를 갖고 있었어요. 사장님이 요트를 가리키면서 "저 요트가 얼마짜리인지 알아? 저게 1억 5,000만 원 정도야"라고 하시더라고요. 그때 단순하게 '저걸 만들거나 디자인할 수 있으면 돈이 되겠다'고 생각했죠.
그때 저는 주말만 바라보고 회사를 다녔어요. 금요일 저녁부터 월요일 새벽까지는 다이버로 산 거죠. 그러다 다이빙 강사 자격증을 따고, 제 팀을 만들어서 다이빙을 다녔어요.
지금은 많이 대중화됐지만 그때만 해도 다이빙은 어느 정도 여유가 있는 분들이 했어요. 그런 사람들이랑 다이빙하러 해외여행도 다니고, 파트타임으로 일을 하면서 어느 정도 돈이 생기더라고요. 그때 '내가 큰돈이 도는 산업에 있어야 나한테 떨어지는 돈이 많구나'라고 생각했어요. 이런 게 겹쳐서 '배를 해야겠다'는 생각을 했어요.

다이빙을 좋아하셨다면 그쪽으로 갈 생각은 없으셨어요?
(개발 일이 그렇게 된 것처럼) 다이빙으로 돈을 벌면 재미없을 것 같았어요.

272

퇴사 전부터 이민을 생각하고 계셨나요?

CCTV 회사에 다닐 때 미국으로 첫 해외 출장을 갔어요. 그게 첫 해외여행이기도 했고요. 막상 미국을 가보니까 '왜 진작에 해외에 안 나갔을까' 후회가 되더라고요. 진작 나갔더라면 좀 더 넓은 사회를 보고, 사는 방식도 달라지지 않았을까 생각했어요. 하지만 월급이 나오니까 계속 핑계만 생겼죠. 해가 지날수록 점점 생각을 안 하게 되더라고요.

필리핀에서 다이빙 강사로 활동한 최재영 씨

"네덜란드로 착각하고
선택한 뉴질랜드"

요트에 대한 꿈을 갖고 방법을 강구하던 재영 씨는 뉴질랜드의 요트학교에 가기로 방향을 정했다. 마침 정리해고로 목돈이 생겨서 떠날 결심을 굳혔지만, 중2 때 포기한 영어가 그의 발목을 잡았다. 요트 학교에 입학하려면 영어 성적이 필요해서 일단 필리핀으로 어학연수를 떠났다.

이민 준비는 어떻게 하셨어요?

3년 동안 자료 조사하면서 천천히 준비했어요. 사무실에 앉아서 일하는 게 힘들어지기 시작할 때부터 어느 나라가 요트를 잘 만드나 찾아봤어요. 8개국 리스트를 뽑았는데 독일, 이탈리아, 일본은 언어를 새로 해야 해서 영어권으로 가기로 했죠. 그중 환율이 낮고, 졸업 후 워크 비자를 주고, 학교 다니면서 일할 수 있는 곳이 뉴질랜드랑 호주더라고요. 근데 당시 호주는 환율이 비싸서 도저히 갈 수 없었죠.

뉴질랜드에 정착할 생각이었나요?

살러 간 건 아니고 유니텍공과대학(UNITEC Institute of Technology)이 유명하다니까 뉴질랜드로 간 거예요. 그때 환율은 영국도 비슷했지만, 영국은 졸업 후 취업이 어렵더라고요.

간혹 뉴질랜드랑 네덜란드랑 헷갈려하는 사람이 있는데 제가 그랬어요. 뉴질랜드가 유럽에 있다고 생각하고 그쪽으로 결정한 거예요. 졸업하면 유럽에서 일하면 되겠다고 생각했어요. 나중에 지도를 봤는데 오세아니아더라고요.(웃음)

회사를 나왔지만 뉴질랜드에 요트공부 하러 간다는 게

쉬운 결정은 아니었을 것 같아요.

약간 오기였어요. 가장 큰 건 정리해고되면서 자금도 모았고, 다시 취업을 하고 나면 또 다른 핑곗거리가 생길 것 같았어요. 근데 막상 뉴질랜드 가니까 별거 아니더라고요. '왜 진작 못 버렸을까? 일찍 버렸으면 영어가 좀 더 일찍 늘지 않았을까' 하는 생각이 들었어요.

한국에서도 요트 제조를 할 수도 있나요?

한국은 아직 요트 산업이 작아서 박봉이에요. 개발 일도 좋아서 시작했는데 회사 다니면서 싫어졌잖아요. 한국에서 요트를 하면 사람들 때문에 싫어질까봐 (외국행을) 결정한 거죠. 그리고 영어를 어느 정도 할 줄 알면 전 세계 어디서든 일할 수 있을 거라는 생각도 들었고요.

영어는 어떻게 극복하셨어요?

중2 때 영어 선생님이 저를 그렇게 싫어했어요. 선생님과의 관계에 따라 과목 성적이 달라지기도 하잖아요. 수능 때도 영어는 포기했어요. 뉴질랜드에 바로 와서 영어를 배우려고 했는데, 아는 동생이 필리핀에서 주중엔 어학원 다니고 주말엔 다이빙 강사를 하라고 추천해서 그쪽으로 먼저 갔어요. IELTS(영어시험)가 사람 피를 말리더라고요. 아예 기초가 없어서 8개월 동안 공부했어요. 그때 사진 보면 눈이 맛이 가 있어요. 첫 성적은 4.0. 정확하게 3개월에 0.5씩 올라서 5.5 입학 커트라인을 만들었죠. 지금은 먹고살고, 일할 수 있는 만큼만 해요. 입사 초반에 동료들이 "주말에 뭐할 거야?" 하면 대답을 못했어요. 영어를 잘하지 못하니까 6개월 동안 "나 잘 거야"라고만 말했어요. 그래서 동료들이 저를 '일을 너무 열심히 하니까 주말에 잠만 자는 애'로 알았어요.(웃음)

학교에 대해 설명해주세요.

유니텍이라고 학사 학위도 나오는 직업학교예요. 한국의 폴리텍이라고 보면 돼요. 4년 코스인데 처음 1년은 작은 배 두 척을 만들어요. 한 학기 동안 1.5미터 배를 만들고, 그다음 학기엔 5미터짜리를 만들어요. 나머지 3년은 배 설계를 전반적으로 배워요.

보트 설계 쪽에 이력서를 돌려보니 보트 빌더 경력이 있는지 물어보더라고요. 이쪽 사람들은 기본적으로 '현장을 모르는데 어떻게 설계를 할 수 있냐'는 마인드가 있어요. 잘나가는 디자이너나 설계사도 현장에서 일하다가 넘어가요. 배를 직접 만들어보고 어떤 재료가 들어가는지, 조합을 어떻게 만드는지를 정확히 알아야 설계도 제대로 할 수 있어요.

　　학교 공부는 어때요?

배우는 건 한국이랑 비슷해요. 근데 과제를 논문 수준으로 해야 해요. 한국에서 리포트를 내면 인터넷에서 찾은 거 조금 수정해서 냈는데, 여기선 1,000자를 쓰려면 책 5권 이상을 읽어야 해요. 배 신기술도 계속 나오니 잡지도 봐야 하고요.

3학년 졸업 과제로 1년 동안 배 한 척을 설계하고, 왜 이렇게 설계했는지 논문도 써야 해요. 5년 전에는 400자도 못 썼는데 8,000자 넘게 쓰니 스스로 대견하다는 생각이 들었죠.

"목수의 아들,
뉴질랜드에서 보트를 만들다"

목수인 아버지는 '공부해서 본인처럼 되지 말라'는 의미로 어린 재영 씨의 방에 목수 벨트를 걸어놨다. 멀리 유학까지 가서 몸 쓰는 일을 한다고 걱정하기는 어머니도 매한가지. 하지만 기술자에 대한 대우가 한국과는 확연히 다른 뉴질랜드에서 재영 씨는 한국인의 성실함과 기술력을 인정받고 있다.

잘 몰라서 그러는데 요트산업은 요즘 어떤가요?

저는 운이 되게 좋았어요. 요트산업이 사치 산업이잖아요. 유럽에서 이 산업이 잘 됐는데, 2009년에 (글로벌 금융위기로) 유럽 경제가 완전히 무너지고 뉴질랜드 요트 회사 70~80퍼센트가 문을 닫았어요. 저는 2012년 산업이 다시 살아나기 시작할 때부터 배운 거죠. 마침 2017년 (세계 3대 요트대회인) 아메리칸컵에서 뉴질랜드가 우승하기도 했고요.

배우러 오셨다가 영주권까지 받으셨네요.

여기서 공부하다 보니 한국의 교육이나 노동자들에 대한 대우가 얼마나 잘못되어 있는지를 알게 됐어요. 결국 뉴질랜드의 자연환경과 사회 구조에 반해서 영주권까지 받게 됐죠.

비자는 어떻게 진행했나요?

저는 관광비자로 들어갔다가 처음 4년은 학생비자로 있었어요. 학교를 졸업하면 1년 동안 일할 수 있는 '잡 서치 비자'(Post Study Work Visa)를 줘요. 워크비자로 갈 수 있는 발판을 찾는 기간인데, 저는 워크비자를 건너뛰고 바로 영주권을 신청해서 6개월 만에 나왔어요.

영주권은 점수제예요. 나이, 경력, 학력 같은 점수를 더해서 조건이 맞으면, 회사에서 '이 사람이 필요하다'는 문서를 써줘요. 그걸 내면 영주권이 나오는 거죠. 뉴질랜드에서 공부했고, 젊을수록 유리하죠. 오랫동안 일해서 앞으로 세금을 많이 낼 수 있는 사람에게 영주권을 주는 거예요.

회사에서 보트 빌더로 일하는 건 어때요?

설계를 하고 싶었는데 빌더를 해보니 더 재미있더라고요. 회사에서 2년 반 동안 40미터짜리 배를 만들었는데 이게 300억 원이에요. 배 나가는 날 새벽 4시까지 일했어요. 사장이 '아침 출근하는 사람이 나머지 일을 하면 되니까 오지 말라'고 했지만 저는 출근했어요. 제가 처음부터 제작에 참여한 배가 나가는 걸 너무 보고 싶었거든요. 저희 회사가 바다 바로 옆에 있어요. 크레인 다섯 대가 40미터짜리 배를 들어서 바다에 내려놓고 예인선이 와서 끌고 가더라고요. 그 광경을 지켜봤죠.

출근 시간은 어떻게 되나요?

오전 6시 반 출근(오후 4시 반 퇴근)과 7시 출근(5시 퇴근) 중에 선택할 수 있어요. 금요일은 오후 3시에 퇴근하고요. 주 30시간 이상 일하면 풀타임 근무예요. 초과근로수당은 임금의 1.5배가 권고사항인데 계약에 따라 다르고요.

일과를 좀 설명해주세요.

오전 5시 반에 일어나서 간단하게 아침을 먹고 출근해요. 오전 6시 반에 일을 시작하고, 9시 반에 15분 정도 쉬어요. 12시부터 점심을 30분 먹고, 오후 3시에 또 15분 쉬고요. 4시 반에 퇴근해서 거의 매일 2시간 정도 운동을 해요. 그리고 집에 가서 저녁 6시 반에 도시락을 싸고, 책이나 밀린 드라마를 보다가 11시 전에는 자요.

키위(뉴질랜드인에 대한 별칭)들은 이 일을 잘 안 하나요?

복지가 잘 되어 있어서 돈을 모을 필요가 없으니까 한국처럼 무리해서 하진 않아요. 사무직보다는 임금이 높지만 자격증을 따고 경력을 쌓기 전까지는 그렇게 많이 벌지는 못하거든요.

한국에서도 한국 청년들이 힘들어하는 일을 외국인 노동자들이 대신하곤 하잖아요. 여기도 마찬가지예요. 제가 하는 일이 생각도 많이 해야 하고, 먼지 뒤집어쓰고 힘드니까 현지인들이 잘 안 하려고 해요.

화학용품을 쓰다 보니 마스크, 점프슈트를 입고 일해요. 겨울엔 괜찮은데 여름에 뉴질랜드가 더운 날씨가 아닌데도 무거울 정도로 옷에 땀이 차요. 그걸 못 참죠. 저희 회사엔 사모안 같은 근처 섬나라 사람들도 있고 중국, 태국, 미국, 유럽 사람들도 있어요. 직원이 100명 정도인데 못 버티고 많이 나가요. 10명이 오면 1년 뒤에 2~3명 정도 남아요.

여러 나라 사람들과 일해 보면 어떤가요?

문화 차이가 조금 있는데, 백인들은 어느 나라 출신이든 경력이 쌓이면 얘기하면서 일하거든요. 근데 한중일 사람들은 계속 말을 걸어도 일만 해요. 오히려 "조용히 하고 일 좀 할래?" 그러죠.

제가 3~4명 데리고 일하는 경우가 있어요. 뭐 가져오라고 하면 오가면서 주변 사람들이랑 잡담을 해요. 다른 문화니까 이해하는데 팀장, 사장이 보면 속 터지죠. 시간이 오래 걸리니까요.

제가 한국 군대 시스템을 별로 좋아하지는 않지만, 일을 배우는 데 군대만 한 곳이 없어요. 팀장이 "다른 직원들도 다 한국 군대 보내야 해"라고 농담 삼아 말하곤 해요.(웃음) 일을 열심히 하고 깔끔하게 한다고 한국인을 되게 좋아해요.

요트 일을 하는 한국 분들이 많이 있나요?

직업 자체가 뉴질랜드에서도 많이 안 하는 분야예요. 보트 쪽에서 일하는 한국인은 제가 알기론 15~20명밖에 안 돼요. 잘 몰라서 안 하기도 하고요. 보통은 요리를 많이 하죠. 호텔 쪽으로 가면 영주권이 빠르게 나오니까요.

투달러숍, 편의점도 많이 해요. 돈 있는 분들이 식당, 스시집을 하고요. 미용사도 많이 오고, 네일 아트 해서 영주권 받는 분들도 있어요.

2017년 제작했던 40미터짜리 배
학교에서 딩기요트를 만들고 있는 재영 씨

"여기선
가정을 꾸려도 괜찮겠다"

어린 시절 재영 씨가 즐겨보던 영화 속 백인 아버지들은 항상 아이들과 저녁을 먹고, 공놀이를 하고, 낚시를 했다. 하지만 현실 속 아버지들은 주말 혹은 밤늦게야 얼굴을 볼 수 있었고, 자녀들과 함께 시간을 보내는 일 또한 드물었다. 하지만 뉴질랜드에 가보니 영화에서 봤던 단란한 가족을 꾸리는 게 가능할 것 같았다.

한국에서의 삶과 어떤 부분이 달라졌나요?

회사 안과 회사 밖의 삶이 완벽하게 분리되어 있어요. 물론 아주 가끔 잔업은 하지만 분 단위로 시급이 계산돼서 부담이 없어요. 퇴근 후나 주말에 회사에서 전화가 올 일도 없어요. 사장, 팀장도 일을 안 하니까요.

뉴질랜드에선 야근할 일이 생기면 팀장이 돌면서 "오늘 혹시 시간 있어?"라고 물어봐요. 한국은 '지시'지만 여긴 '부탁'이거든요. 지금 생각하면 너무 불합리한 것들이 많았던 것 같아요.

한국 직장에서는 제가 정당하게 받은 휴가임에도 불구하고 적당한 휴가 사유를 만들어야 하잖아요. 결제 한 번 받으려면 눈치를 봐야 하고, 기간도 어느 정도 제한이 있고요. 여기선 월차나 병가를 쓰는 데 이유를 만들 필요가 없어요. 2~3주 전에만 말하면 원하는 때에 휴가를 쓸 수 있고요.

　회사 일을 하면서 한국과 다르다고 느끼는 부분이 있나요?

합리적인 작업 방식을 배웠다고 생각해요. 한국 직장에선 어떤 문제가 발생했을 때 책임자를 가려내는 게 우선이라면 여기는 '어떻게 수습을 할 것인가? 어떻게 하면 재발 방지를 할 것인가?'를 먼저 생각해요.

예를 들면, 제가 지금 회사에 들어간 지 6개월이 안 됐을 때 일인데요. 천에 본드를 입히는 작업을 하는데, 제가 재료 조합을 잘못해서 본드가 하나도 안 굳은 거예요. 아침에 출근해서 이걸 보고 '팀장한테 어떻게 말하나' 엄청 고민했어요.

저는 그때 워크비자도 받지 못한 그냥 외국인 노동자였어요. '아, 잘리는 거 아닌가? 이대로 한국 가야 하나?' 이런 고민들을 했죠. 그때 팀장이 왔는데 마침 사장이 옆에 있는 거예요. 얘기할 때 제 얼굴은 하얗게 되어 있었죠. 근데 팀장이 (뭐라고 하지 않고) '왜 이런 문제가 생겼는지, 이런 일이 다시 생기지 않으려면 어떻게 해야 할지 방법을 생각해보자'고 하더라고요.

그 이후에도 제가 정신을 못 차리고 있으니까 '이건 너만의 실수가 아니라, 그걸 확인하지 않은 우리 모두의 실수다. 책임은 내가 진다. 그래서 내가 돈을 더 많이 받아가는 거야'라고 하더라고요.

이 일이 있은 후 한국에서 방산 연구원들이 실수한 것에 대해 N분의 1로 배상하라는 기사를 봤어요. 이곳과 한국의 차이를 확연히 느낄 수 있었죠.

뉴질랜드도 가족 중심 사회죠?

모든 시스템이 가족을 중심으로 돌아가요. 한국에서 병가는 본인을 위한 것이잖아요?. 여기는 아내나 자녀, 사실혼 관계인 파트너가 아파도 병가를 쓸 수 있어요.

가끔 아빠가 무슨 일을 하는지 보러 가족이 회사에 견학을 와요. 일하는 시간에 오는 거죠. 나중에 저도 여자친구나 부모님이 오시면 회사를 구경해도 된다고 해요. 문화 자체가 가족 중심으로 돌아가는 시스템이에요. 이런 환경이라면 '나도 여기서 가정을 꾸려도 괜찮겠구나' 싶었죠.

뉴질랜드는 어떤 나라라고 할 수 있을까요?

조용하고 변화가 느린 나라예요. 잘 안 바뀌어요. 공사 한 번 하면 오래 걸리고요. 근데 전 그 여유로움이 너무 좋아요. 기본적으로 욕심만 안 부리면 먹고사는 데 지장이 없고요.

내가 무얼 하고 살든 어떻게 살든 남의 눈 신경 쓸 필요 없고, 노후의 많은 부분을 나라에서 책임져주기에 어르신들이 살기 좋은 나라이기도 하고요.

물론 단점도 많죠. 근데 저에게는 단점보다 장점이 많이 보이는 것 같아요. 여름 하늘은 진짜 예쁘고, 자연환경이 잘 보존되어 있어서 아름답죠.

보통 주변에 보면 10~20대가 느끼기에는 너무 조용하고 심심한 나라고, 30~40대는 조용하고 차분한 나라라고 느끼더라고요.

　　　한국은 왜 여유롭지 못하다고 느끼세요?

노후보장이 안 되어 있잖아요. 다들 대학 가서 학자금 대출받으면 사회생활을 빚쟁이로 시작하죠. 적당히 돈 벌어서 결혼하고 돈 모을 때쯤 아기 낳고, 애 낳으면서 돈 모아서 또 대학 보내고. 나중에 (자녀) 결혼 자금도 해줘야 하고요.

또, 한국은 남들이 하는 건 다 해야 해요. 우리나라 대부분 학생이 뭘 하고 싶은지도 모르면서 대학을 가요. 그런데 대학을 졸업하고 전공을 살리는 사람들은 얼마나 될까요? 조카가 고등학생인데 과외수업을 듣고 새벽에나 들어와요. '애한테 저런 굴레를 씌워야 하나' 하는 생각이 들죠. 저렇게 해도 회사원, 안 해도 회사원인데, 남들이 다 시키니까 안 할 수는 없는 거죠.

제가 현지 애들이랑 6개월 정도 같이 산 적이 있어요. 그중 한 명이 27살인데 대학교 1학년이었어요. '뭐하다가 늦게 대학에 갔냐'고 물어보니 고등학교 졸업하고 여행 다니고 바리스타도 했는데, 어느 순간 애니메이션이 하고 싶더래요. 그쪽 산업에서 일하려면 대학을 나와야 된다는 조언을 많이 받아서 대학을 갔다고 하더라고요. 뉴질랜드에는 '이 직업이 좋다, 나쁘다' 자체가 없어요.

어렸을 적에 (목수인) 아버지가 먼지를 뒤집어쓰고 있었는데, 어떤 엄마가 애한테 "너 공부 안 하면 나중에 저렇게 된다"라고 말하는 걸 직접 본 적이 있었어요. 가끔 제가 퇴근해서 먼지를 뒤집어쓰고 장을 보거나 식당을 가도 여기는 이상하게 쳐다보는 사람이 없어요. 그냥 '저 사람은 저런 일을 하나 보다'라고 생각하죠.

　　뉴질랜드에서 6년 정도 살았는데 이방인이라고 느껴질 때가 있나요?

언어가 가장 큰 것 같아요. 영어를 늦게 시작해서 그런지 아무리 말을 해도 문화를 완전히 이해하기는 어려워요. 제가 스스로 벽을 쌓고 가는 것일 수도 있는데, 살갑게 다가갈 수 없는 느낌이랄까. 제가 클럽에서 금, 토요일 새벽 4시까지 컵이랑 병 치우는 바텐더 보조를 한 적이 있는데, 심지어 춤추는 클럽 비트도 달라요. 도대체 애들은 어떤 장단에 춤을 추는지 모르겠어요.(웃음) 그런 차이들. 이제는 좀 느리게라도 이 나라 시스템, 문화에 적응하고 있기는 한데 뼛속까지 한국인인 건(소주 마시고 김치 먹어야 하는) 죽을 때까지 안 변할 듯싶어요.

중장기나 노후 계획이 있으신가요?

막연하게요. 어차피 기술직이라 정년이 없어요. 같이 일하는 분 중에 61살도 있고, 70살도 있어요. 경력이 50년 되면 힘을 안 쓰면서도 하더라고요. 할 수 있을 때까지 일하고, 나이가 70살 정도 되면 작은 공방 만들어서 가구나 작은 배를 만들면서 살고 싶어요.

뉴질랜드로 이민을 추천하시나요?

조용한 거 좋아하고 자연 좋아하시면 뉴질랜드가 그리 나쁜 선택은 아니라고 생각해요. 제 경험상 이민이나 유학 와서 가장 실패하는 사람들은 '내가 한국에선 어땠다'라는 말을 입에 달고 다니는 사람들이에요. 다 버리고 다시 시작해야 하는 현실을 인정하지 못하는 사람들이 버티기 힘들어하는 것 같더라고요. 아마 이건 뉴질랜드가 아니라 어느 나라를 가더라도 같을 거예요.

근데 '그런 것까지 다 버리고 하겠다'면 아직 문은 열려 있다고 봐요. 노동당으로 정권이 바뀌면서 이민자를 줄이겠다고 했는데, 이민자가 줄면 세수가 줄기 때문에 조만간 다시 풀릴 것 같아요. 이민 문을 좁히면 이민자를 대상으로 하는 학교, 유학원들이 다 문을 닫아야 하는 상황이 생길 수도 있거든요.

대부분의 인터뷰이는 자신의 경험을 바탕으로 '다른 사람들은 이런 고생을 안 했으면' 하는 마음으로 인터뷰를 신청한다. 그런데 재영 씨는 본인이 잘 살고 있다고 부모님을 안심시켜주기 위해 인터뷰를 했다.

인터뷰 내내 그는 차분하고 재미있게 자신의 이민 스토리를 설명했다. 다수의 인터뷰 경험상 그가 한 공부와 회사일이 꽤 힘들었을 거라는 걸 짐작할 수 있었지만, 재영 씨는 힘들었다는 얘기는 거의 꺼내지 않았다. 그래서 조금은 걱정이 된다. 이 인터뷰를 읽고 많은 사람들이 너무 쉽게 요트 학교에 지원할 것 같아서 말이다.

글로 다른 사람의 인생을 전달하는 데는 한계가 있다. 인터뷰에는 우리가 전했으면 하는 얘기만 정리됐기 때문에 말하지 못한 내용도 너무나 많다. 고생담이 없다고 해서, 이들이 쉽게 정착을 한 건 아니다. '이 사람도 했으니, 나도 할 수 있다'라는 자신감은 좋지만, 좋은 결과에 대한 생각을 성급하게 갖지 않았으면 한다.

뉴질랜드 북섬 중앙에 위치한 타우포 풍경
오클랜드 전경

우리가 살고 있는 이 시대는 매일 새로운 기술이 탄생하고 온라인을 통해 전 세계가 마치 하나의 마을처럼 정보를 공유한다. 심지어, 낯선 이들의 삶 깊은 곳까지 쉽게 들여다볼 수 있게 되었다.

많은 사람들이 녹록치 않은 현실과 일상의 문제들에 직면할 때 '새로운 곳에서 인생을 시작해보고 싶다'라는 꿈을 꾼다. "유럽에 가서 살아볼까"라는 말이 그저 터무니없는 소리라고 돌을 던질 수는 없다는 것이다. 그러나 '유토피아'란 이 단어의 어원처럼 존재하지 않는다. '어디에서'보다는 '어떻게' 살아가느냐 하는 것이 우리 삶의 질과 행복을 결정한다는 것은 자명한 사실이다.

후배 김병철 기자가 직장을 그만두고 지구를 한 바퀴 돌며 한국인 이민자들을 인터뷰하겠다는 말을 하였을 때, 응원하는 마음과 함

께 기우도 있었다. 하지만 책을 읽으며 그의 여행이 매우 값진 도
전이었다는 것을 깨닫게 되었다. 두 저자가 만난 이들의 이야기를
통해 전해진 메시지는 '이 나라를 떠나라'는 외침보다는 '어떻게
살 것인가'에 대한 많은 질문과 고민들을 남겨두었기 때문이다.

인생은, 우리 자신은 모두 수많은 선택의 결과다. '내 삶을 어떻게
디자인할 것인가'는 오로지 나에게 달려 있고 내게 모든 권리가 있
다. 남의 눈치 보느라, 부모님의 기대 때문에, 사회적 인식에 떠밀
려 다른 누군가의 인생을 살고 있는 수많은 이들에게 이 책이 신선
한 자극과 함께 용기를 심어주길 희망한다.

손미나 | 작가, 인생학교 서울 교장

thanks to

인터뷰에 참여하신 분들

최동섭, 김영진, 조원경, 김성길, 정보경, 곽원철, 류리, 이승영, 안승현, 안소정, 조성규, 임지혜, 이해현, 강병욱, 안영은, 이정우, 공경규, 김지미, 김소연, 이장헌, 이성진, 권세은, 안영선, 최광우, 한주환, 문혜민, 박은영, 박현선, 염인환, 최재영, 박예림, 손정화, 박찬, 정인, 심소연, 김희찬, 이인호, 이재호, 에밀리박, 이시훈, 최은영

후원해주신 분들

김대형, 진미향, 안흥배, 정희옥, 진미자, 고안토니오, 김영철, 김선미, 안익상, 윤현아, 진승현, 홍세정, 서창호, 정지연, 김라경, 김현수, 오정은, 기정하, 이성민, 김지수, 황창조, 주현호, 이민영, 김노경, 김민기, 김두리, 김예니, 김종욱, 신혜진, 강정순, 김상아, 이미순, 한상호, 정태준, 안정숙, 서수연, 허준권, 경성원, 김현경, 선민정, 김영길, 박홍식, 문경희, 이윤정, 김현희, 신다영, 조세현, 한아름, 김태경, 이경원, 이지원, 신선혜, 이하나, 박혜인, 김은미, 권진주, 이예진, 정재수, 김고명, 김영민, 윤이삭, 김태우, 손은정, 노예지, 안하영, 김상엽, 장선이, 김하람, 최병근, 간식사묵어, 오윤조, 김희정, 남은선, 황덕현, 임성준, 김지웅, 오미라, 조유리, 반동하, 김한송, 정은주, 박상현, 김태성, 노현정, 노성진, 윤지연, 김상욱, 박소정, 나윤희, 정동철, 박성일

인터뷰 시점

· 슬로바키아 브라티슬라바 | 최동섭
  2016년 8월

· 프랑스 그르노블 | 곽원철, 류리
  2016년 9월

· 독일 에센 | 김성길, 정보경
  2016년 9월

· 영국 런던 | 안승현
  2016년 10월

· 캐나다 토론토 | 이장헌
  2017년 3월

· 미국 버지니아 | 임지혜
  2016년 11월

· 캐나다 토론토 | 이성진, 권세은
  2017년 3월

· 콜롬비아 보고타 | 김소연
  2016년 12월

· 호주 시드니 | 심소연
  2018년 2월

· 호주 멜버른 | 이재호
  2018년 3월

· 뉴질랜드 오클랜드 | 최재영
  2018년 1월

국립중앙도서관 출판예정도서목록(CIP)

그래서 나는 한국을 떠났다 / 지은이: 김병철, 안선희 —
고양 : 위즈덤하우스미디어그룹, 2018
    p. :   cm

ISBN 979-11-89709-01-3 03810 : ₩14500

이민(해외이주)[移民]

331.37-KDC6
325.2-DDC23   CIP2018038698

그래서 나는 한국을 떠났다

초판 1쇄 인쇄 2018년 12월 10일
초판 1쇄 발행 2018년 12월 17일

지은이 김병철, 안선희
펴낸이 연준혁

출판1본부 이사 김은주
출판1분사 분사장 한수미
책임편집 김소현
디자인 형태와내용사이

펴낸곳 ㈜위즈덤하우스 미디어그룹 출판등록 2000년 5월 23일 제13-1071호
주소 경기도 고양시 일산동구 정발산로 43-20 센트럴프라자 6층
전화 031)936-4000 팩스 031)903-3891
홈페이지 www.wisdomhouse.co.kr

값 14,500원
ⓒ김병철, 안선희 2018
ISBN 979-11-89709-01-3 03810